마
요
르
카
의　연
인

마요르카의 연인

신영 소설

차 례

1. 전설

〈오디세우스와 칼립소〉, 아르놀트 뵈클린, 1883

"이번에는 또 신들이여,

그대들은 한 인간이 내 곁에 있다는 것을 질투하시는군요.

내가 그를 구해주었어요.

그가 배의 용골에 걸터앉아 있을 때 말이에요.

제우스께서 포도줏빛 바다 한가운데에서 번쩍이는 번개로 그의

날랜 배를 부수고 쪼개버리셨기 때문이지요.

그리하여 그의 다른 용감한 전우들은 다 죽고,

바람과 너울이 그를 이리로 실어다 주었던 거예요.

나는 그를 사랑하게 되어 돌봐주었고,

그에게 영원히 죽지도 늙지도 않게 해주겠다고 말하곤 했지요.

하지만 아이기스를 가지신 제우스의 계획을 다른 어떤 신이 비

껴가거나 좌절시킨다는 것은 불가능한 일이기에,

그것이 제우스의 요구이고 명령이라면 그가 추수할 수 없는 바

다로 나가게 하세요."

해가 지고 어둠이 다가왔다.

그러자 둘은 속이 빈 동굴의 맨 안쪽으로 들어가

나란히 누워 서로 사랑을 즐겼다.

이윽고 그녀가 부드럽고 따뜻한 순풍을 보내주자,

고귀한 오디세우스는 기뻐하며 바람에 돛을 펼치고는

뗏목에 앉아 능숙하게 키로 방향을 잡았고

그의 눈꺼풀에 잠이라고는 쏟아지지 않았다.

그는 줄곧 플레이아데스와 보오테스와

사람들이 짐수레라고 부르는 큰곰을 쳐다보고 있었다.

큰곰은 같은 자리를 돌며 오리온을 지켜보고 있는데,

그 까닭은 그 큰곰만이 오케아노스의 목욕에 참가하지 않기 때

문이다.

여신들 중에서도 고귀한 칼립소가

바다를 항해할 때 이 별을 항상 왼쪽에 두라고 그에게 일러주었

던 것이다.

이렇게 그는 열이레 동안 바다를 항해했고,

열여드레째 되던 날 가장 가까운 곳에

파이아케스족 나라의 그늘진 언덕들이 모습을 드러냈다.

－『오디세이아』 제5권, 호메로스, BC 8C

오늘밤 모처럼 자네에게 오래된 이야기를 한 편 들려줄까 하네.

시간이 흘러도 빛을 잃지 않고 반짝이는 붙박이별 같은 이야기가 있다네. 영원히 아름다움 속에 남아 있고, 그래서 더 슬프게 느껴지는 이야기이지.

나의 이 이야기를 수천 년간 전설로 내려오는 요정 칼립소와 전사 오디세우스의 이야기에 비유한다면, 그건 나만의 부질없는 상상에 불과한 것일까?

사람들은 그런 상상 속에서 그동안 겪었던 모든 슬픔을 딛고 비로소 달콤한 행복을 맛보곤 한다네. 스스로 전설 속의 주인공이 되어보는 것이지.

나 역시 그렇게 되고 싶은 것일까?

고향 이타카를 떠나 바다 건너 먼 곳 트로이에 원정을 갔던 오디세우스는 10년간의 전쟁이 끝난 후 귀향길에 올랐네.

신들의 계획이었던지, 전쟁보다 더 극심한 모험의 항해를 거쳐야 했던 그는 도중에 폭풍을 만나 동료를 다 잃어버리고 혼자서 바다를 표류하게 되었지.

그가 다다른 곳은 당시 세상의 끝이었다고 하니, 아마 지금 지중해 서쪽 끝 지브롤터 해협 부근이 아니었을까? 그곳 아귀이에 섬에 아름답고 착한 요정 칼립소가 살고 있었다네. 칼립소는 그 섬에 혼자 다다른 오디세우스를 만나 그를 마음 깊이 사랑하게 되었네.

요정과 전사, 그 두 잘 어울리는 존재는 신들의 질투를 피해가며 7년 동안 사랑을 나누었네.

그러나 오디세우스는 고향으로 가는 항해를 계속해야만 했네. 그를 기다리고 있을 사람들을 결코 잊지 못했던 거야.

칼립소는 영원히 늙지도 죽지도 않게 해주겠다는 말로써 오디세우스를 붙잡으려 했지만, 그녀의 간절한 호소를 뿌리치고 마침내 그는 귀향길에 오른다네.

칼립소는 아픔을 참고 오디세우스를 고이 보내주었네. 어쩌면 그것은 신 중의 신 제우스가 미리 정해놓은 운명이었는지도 모르니까. 신이나 요정들도 인간처럼 운명을 거역할 수는 없었나 보지.

칼립소는 하늘에서 지는 일이 없는 큰곰 별자리를 항상 왼쪽으로 두고 항해하라고 당부하는 것을 잊지 않았어. 순풍과 함께 그녀가 줄 수 있는 마지막 이별의 선물이랄까.

오디세우스는 칼립소의 당부를 머릿속에 담고서 항해를 계속해나갔네. 하늘에서 그 별이 마치 칼립소처럼 줄곧 자기를 내려다보고 있다는 믿음을 간직한 채로. 바람과 길잡이별에 의지하여 나아간 끝에 이윽고 저 먼 바다 건너편 다른 육지에 닿았다네.

나 자신 고향을 찾아 바다를 방랑하는 오디세우스는 아니었던가? 지금 와서 문득 생각해본다네. 내게도 지금껏 줄곧 하늘을 바라보며 따라간 큰곰 별자리가 있었을까? 늙지도 죽지도 않게 해주겠다는 간절한 호소를 마다하고 떠나가는 이에게 원망 대신 오히려 부드럽고 따뜻한 바람을 불어주던 칼립소가 있었을까?

어쩌면 내가 하려는 이야기는 칼립소를 그리워하는 오디세우스의 독백 같은 이야기가 될지도 몰라.

1970년대 중반 우리가 대학을 다니던 그때는 가히 문학과 음악의 시대라고 할 만했다네. 군인 출신 독재자들이 마치 외계인처럼 침공해와서 온 나라를 공포의 분위기로 압도하고 있던 그 시절이었네.

날개 꺾인 젊음들이 가쁜 숨을 몰아쉬며 둥지를 틀 곳은, 짐짓 도스토옙스키나 비틀즈의 추종자가 되어 저 한쪽 어두운 구석에 숨겨 만들어놓은 그늘터밖에 없었다네.

우린 골방에 틀어박혀 창백하게 비어 있는 원고지 칸을 채우거나, 생맥주집 탁자에 턱을 괴고 앉아 팝송과 칸초네를 훔쳐 듣곤 하는 걸로 낭만이라는 이름의 시간을 메우곤 했지.

이성의 문을 걸어 닫고 현실로부터 도피를 꾀하던 그 참담한 시대에도, 변함없이 인간 세상을 사는 애틋한 사연들이 피어나고 추억거리는 점점이 이어져가게 마련이었다네.

　대학 시절 내가 비명 지르듯 써 갈겨댔던 수많은 글 중에서 다음 대목은 수십 년이 지난 지금 아직도 기억에서 지워지지 않고 생생히 남아 있어.

　지나고 나면 숱한 전설 같은 날들 이야기들.
　우리는 구태여 그날을 기억하고 있으려 하지 않는다.
　어쩌면 사람들은 추억을 만들기 위해 살고 있는지도 모르지만,
　그들은 또한 추억을 추억으로만 남아 있게 내버려둘 줄 아는
　현명함도 함께 지니고 있는 것이다.
　포도(鋪道)에 구르는 낙엽을 응시하고, 그 위로 지나쳐버리듯.

　그러나 지금부터 자네에게 들려주려는 이 이야기만은 결코 그렇게 훌쩍 지나쳐버릴 수 있는 것이 아니었다네. 단순히 머나먼 추억이라고만 할 수 없이, 지금도 곁에서 여전히 살아 숨 쉬고 있는 이야기이기 때문이겠지.
　그런 이야기들의 앙금이 고여서 이끼로 피어났을 때 우린 그것을 전설이라고 부르지. 삼천 년 전의 오디세우스를 오늘의 우리에게 전하는 '오디세이아'처럼 오래 남겨지고 기억되는 이야기, 그런 전설 말일세.

2. 성당 밑

성문 앞 우물가에
보리수 한 그루 서 있네.
나는 그 그늘 아래에서
무척 많은 단꿈을 꾸었네.
나는 그 가지 위에
수많은 사랑의 말을 새겼네.
그것이 기쁠 때나 슬플 때나
항상 그곳으로 나를 이끌어갔다네.

Am Brunnen vor dem Tore
da steht ein Lindenbaum.
Ich träumt' in seinem Schatten
so manchen süß en Traum.
Ich schnitt in seine Rinde
so manches liebe Wort.
Es zog in Freud und Leide
zu ihm mich immer fort.

– 「겨울 나그네(Winterreise), 보리수(Lindenbaum)」,

빌헬름 뮐러(Wilhelm Müller), 1823

지중해 외딴섬 산간마을. 숲속에 600년 된 성당이 서 있다. 그 앞마당에 역시 그만큼의 세월은 되었을 우물이 있다. 성당도 우물도 오직 돌로만 쌓아 지어졌다. 원래 흰색이었을 그 돌덩이들은 세월의 무게를 못 이기고 살갗이 벗겨져 뿌연 주황색이 끼었다.

우물은 언제부터인가 말라서 바닥이 훤히 드러났다. 우물에서 좀 거리를 두고, 사람보다 훨씬 키가 크고 잎이 무성한 나무가 섰다. 나무의 그늘이 땅을 꽤 넓게 덮고 있으나 우물까지는 채 미치지 못한다.

나무줄기나 가지 위에 새겨진 언약의 글씨 같은 것은 없다. 그 그늘 부근에 행여 누군가의 단꿈 같은 것이 머무를 여지도 있어 보이지 않는다. 수백 년간 그 앞을 지나쳐 간 사람들의 기쁨과 슬픔을 묵묵히 지켜봤을 돌과 나무가 침묵 속에 자리를 지키고 있을 뿐.

성당 밑의 마을을 찾아온 한 나그네가 있다. 그는 마을에서 성당으로 가는 긴 언덕길을 구불거리며 올라와 성당 앞에 이르렀다. 성당 앞마당을 하릴없이 거닐다가 소롯이 성당 안으로 들어간다.

잠시 후 성당에서 나온 나그네는 다시 언덕길을 내려간다. 그의 발길은 마을 바깥쪽으로 난 길을 향한다. 'CEMETERY'라고 쓰인 길가의 표지판이 가리키는 길이다.

묘지로 가는 길은 처음 얼마간은 박석을 깔은 돌길이었다가 이내 흙길로 바뀐다. 이승을 떠나가는 수많은 영혼들을 엄숙히 배웅했을 법한 길이다. 나그네는 그 길을 수도자처럼 조심스레 걸어서 이윽고 공동묘지 묘역에 다다른다.

수많은 묘지를 한데 품고 있는 묘역은 수백 년 세월의 분량만큼이나 넓고도 깊은 공간이다. 묘역의 사방 주위로 높지막한 돌담이 길게 둘러쳐 있고, 돌담이 끊어져 난 출입구에 커다란 철문이 반쯤 열린 채 서 있다.

마치 거대한 동굴 안으로 들어서듯 그 철문을 통과하면, 바로 즐비한 목련나무들이 눈앞에 든다. 돌담을 따라 나란히 선 목련. 바야흐로 목련꽃이 한창 피어나는 계절.

모든 가지마다 목련 꽃잎이 가득하다. 굳이 햇빛을 받지 않더라도 그 꽃잎들 자체로 눈부신 광채를 발한다. 그 처절하리만큼 화려한 목련꽃 향연 속에서 불현듯 춤추듯 살아 오르는 추억의 잔상. 지나간 추억의 화려함은 웃음을, 처절함은 눈물을 자아낸다. 나그네는 입가에 미소를 띠면서 동시에 눈자위를 물기로 적신다.

수많은 무덤이 열을 지어 있다. 무덤마다 편편한 돌판으로 둘러싸인 채 크고 작은 직육면체로 지면에서 낮게 돌출되어 있다. 돌비석들이 그 옆에 섰다. 비석들 중에는 머리에 돌 십자가를 이고 있는 것이 많다. 비석 앞 표면에 무덤 주인의 이름, 그들의 태어난 때와 죽은 때가 새겨져 있다.

나그네는 좌우의 비석 숲을 헤치며 나아가다가 마침내 한곳에 이르러 멈춰 선다. 그리 크지 않은 목련나무가 바로 곁에 바짝 붙어 서 있는 무덤. 다른 목련들이 묘역의 가장자리 돌담을 따라 늘어선 것에 비하면, 그 무덤 곁에 바짝 붙어 선 목련은 누군가 일부러 그 자리에 가져다 심어놓은 것이 분명해 보인다.

여기에는 따로 돌 십자가나 비석은 세워져 있지 않다. 다만 무덤을 덮고 있는 뚜껑 돌판 위에 이렇게 새겨졌다.

JOO KIM

16-ENERO-1955

2-MAYO-2007

E.P.D.

무덤의 돌판으로서는 전혀 낡아 보이지 않는다. 묘지에서의 세월은 빨라서 10년은 어저께 같고 100년도 그저께 같다. 바로 어제 만들어놓은 듯한 그 돌판을 누군가 금방이라도 밀치고 걸어나올 것만 같다.

정말 돌판이 옆으로 움직이고 무덤이 열린다. 열린 무덤 사이로 한 사람이 나온다. 땅속으로부터 걸어나온 그이가 나그네 곁에 살며시 다가와서 선다.

나그네는 고개를 돌려 그의 얼굴을 가만히 살펴본다. 그 옛날과 변함없는 화사한 얼굴이다. 그 얼굴에는 어둠이나 슬픔의 기색은 전혀 없이 마냥 밝고 행복한 미소를 띠고 있다.

때마침 어디선가 바람을 타고 날아온 목련 꽃잎이 나그네의 어깨 위에 내려앉는다. 나그네는 그 꽃잎을 집어서 곁에 있는 그이에게 쥐여준다. 그이는 소중하게 여기는 몸짓으로 꽃잎을 받아든다. 두 사람은 마주 보며 미소를 교환한다. 아주 오래된 세월 만에 서로를 대하는 반가운 미소를.

환상의 시간은 찰나처럼 지나간다. 나그네는 이내 꿈에서 깨어난 듯 머리를 저으며 눈을 들어 하늘을 쳐다본다.

하늘은 매양 똑같다. 하늘에는 시간도 없고 공간도 없다. 괜스레 이리저리 오고 가는 흰 구름 조각만이 눈에 들어올 뿐. 하늘에 흐르는 구름을 따라 저 먼 추억을 향한 여행이 시작된다.

시간의 화살이 거꾸로 방향을 돌려 날아가는 여행.

인간의 한 세대분 시간을 거슬러 올라가는 여행.

3. 진해

시트콤 소품 같은 역사 지붕 위로

누가 날려 보낸 풍선이 떠 있다.

출구엔 꽃다발을 든

생도 몇 서성이고,

만나면 왈칵 눈물이 쏟아질 듯한

오랫동안 잊고 살았던 그 순백을 만나기 위해

이 나라 4월이 되면

벚꽃빛 표를 산다.

- 「진해역」, 이우걸, 2009

20세기 후반의 어느 때, 그러니까 그해가 1976년이었던가?

30년을 훨씬 넘겨 40년 가까이 되도록 흘러간 세월을 비웃듯이 그날 그곳의 기억은 너무나 선명하다.

그곳이 역사의 출발점이었기 때문이다. 모든 것이 그날 그곳을 찾아감으로써 시작되었다. 그래서 그곳을 죽을 때까지 차마 잊지 못하는 것이다.

그해 봄은 유난히 쌀쌀했다. 반도의 남쪽 끝자락에 걸쳐 있는 바다 도시 진해. 추위가 풀리지 않은 3월 중순 이른 아침결이었다.

아직 거리의 벚꽃은 꽃망울도 채 맺히지 못했다. 세계 제일을 자랑하는 화려한 벚꽃의 퍼레이드를 보려면 족히 보름은 더 기다려야 할 시점이었다.

지금은 이토록 고요하지만, 곧 벚꽃이 첫눈처럼 소복이 내려앉는 그때가 되면, 온 세상으로부터 사람의 구름떼가 이 도시로 몰려와 바둑판처럼 조성된 거리거리를 가득 메울 것이다.

아직은 거리를 비워둔 채로 좀 더 기다려야 한다. 구름떼는 결코 늦춤이 없이 몰려올 것이다. 진해는 1년 내내 기다리고 있다. 작년 이맘때 찾아왔다가 떠나갔던 그 사람들을. 그들은 다시 돌아올 것이다.

진해는 군항으로만 남아 있기에는 너무나 화려한 도시였다. 한번 왔던 사람은 추억을 좇아 다시 오지 않을 수 없는 곳이었다. 진해에서 태어나지 않았더라도 진해에 와서 추억을 남기는 사람들은 모두 진해 사람이라 할 수 있었다.

시내 한복판에 상징처럼 진해역이 자리했다. 역사(驛舍)는 1926년에 지어진 고전적인 건물이다. 동화 속의 집처럼 오뚝 솟은 삼각형 지붕을 가졌다. 블라디보스토크가 시베리아 대륙 철도의 끝인 것처럼, 진해는 입영열차가 와서 멈추는 종착역이었다.

진해역 앞에는 도시의 크기에 어울리지 않을 정도로 커다란 면적의 광장이 펼쳐져 있다. 벚꽃열차가 도착할 때 말고는 그 광장이 가득 차는 적은 없었다. 해군의 입영열차는 그럴 정도로 많은 수의 사람을 한꺼번에 내려놓지는 않기 때문이다.

그 덩그렇게 비어 있는 광장에 한 떼의 젊은 남자들이 삼삼오오 모여들기 시작하더니, 삽시간에 이삼백여 명은 족히 되는 집단을 이루었다.

그들 거의가 밤 열차를 타고 이제 막 도착한 것 같았다. 아니면 전날 밤에 도착하여 근처 여인숙에서 잤을 것이다. 그들을 찬찬히 살펴보면 전국 각지에서 온 사람들답게 차림이며 말투가 각양각색이었다.

미간을 잔뜩 찌푸린 채 침묵을 지키는 자, 연신 주변에 수다를 떠는 자, 무엇인가 불만이라는 듯 공연히 억지 가래침을 퉤퉤 내뱉는 자. 극적인 어떤 순간을 기다리고 있는 그자들의 몸짓은 서로 사뭇 달랐지만, 그들 앞에 곧 닥쳐올 운명은 지극히 동일할 터였다. 모두가 똑같이 판박이가 될 과정을 기다리고 있는 그들 젊은이들이었다.

한동안 웅성거리고 있던 그들 집단 앞에 어디서로부턴가 회색 군용 지프차 한 대가 다급하게 달려와서 멎었다.

흰 군모에 검은 제복 차림을 한 젊은 해군장교가 차에서 내렸다. 함께 온 몇몇 사병들이 따라 붙었다. 장교의 양쪽 어깨에는 차가운 은색 빛깔의 계급장이 붙어 있었다. 다이아몬드가 두 개 연이어 달린 중위 계급장이었다. 그가 무리를 향해 크게 외쳤다.

"해군사관후보생대 입교자들은 저를 따라 오십시오. 4열 종대 도보로 인솔하겠습니다."

모여 있는 사람들에게 내려진 그 첫 번째 명령은 일단 깍듯한 경어가 사용되었다. 그들은 아직은 정식 사관후보생이 아닌 후보생의 후보생이었고, 군인이 아닌 민간인 신분이었기 때문이다.

장교가 되기 위해 교육을 받는 사관후보생이 되려면 아직도 거쳐야 할 관문이 남아 있었다. 이제 며칠간의 가입교 기간을 거처야 한다. 그 관문을 통과하여 정식으로 사관후보생대에 입교를 하면 그때부터가 사관후보생이요 군인이 되는 것이다. 그때가 되면, 그들 머리 위로 떨어지는 명령에서 그따위 점잖은 말투는 흔적도 없이 사라지고 말 것이다.

그들은 인솔장교의 뒤를 따라 정돈되지 못하나마 일정한 형태의 대열을 이루고 꿈틀꿈틀 행진하기 시작했다. 그 아침에 그들이 처음 대했던 진해역의 삼각형 지붕만이 얼마 뒤 다시 만나볼 날을 기약하며 그들을 전송해주었다.

멀리서 불어오는 차가운 바닷바람에 저마다 목을 움츠렸다. 텅 빈 대로 위를 걸어가는 그 긴 행렬은 진해의 민간인 거주지역을 지나쳐서 해군 군항이 있는 쪽으로 향했다. 이윽고 그들 눈앞에 거대한 군사시설의 입구가 버티고 섰다.

해군통제부. 대한민국 해군의 심장. 거대한 군사기지 안에 한국함대 사령부가 있고, 해안을 따라 굽이굽이 산재한 부두에는 수많은 각종 군함이 정박해 있다.

해군통제부로 들어가는 입구의 거대한 철제 게이트에는 빨간 명찰을 달고 헬멧을 쓰고 기관총을 멘 헌병들이 지키고 서 있다. 그 게이트 안으로 행렬은 빨려 들어갔다. 정체를 모르는 신비한 지역으로 그들은 두리번거리면서 무작정 따라 걸어갈 뿐이었다.

해군통제부 구역 안에 있는 어느 산기슭 모퉁이의 깊숙한 지

점까지 와서야 그들은 멈추었다. 행렬의 최종 목적지인 그곳은 바로 해군사관후보생대였다.

현도 그 행렬 틈에 끼어 있는 젊은이들 중 하나였다.

4. OCS

〈사관과 신사〉. 테일러 핵포드, 1982

Love lift us up where we belong

Where the eagles cry

On a mountain high

Love lift us up where we belong

Far from the world we know

Where the clear winds blow

Time goes by

No time to cry

Life's you and I

Alive today

― 〈Up Where We Belong〉, 〈An Officer and a Gentleman〉, 1982

"자랑스러운 65차 해군 해병 사관후보생들이여! 귀관들의 사관후보생대 입교를 진심으로 환영한다. 지난 27년간 4,300명의 사관후보생들이 이곳을 거쳐갔다.

그 선배장교들의 혈관 속에 면면히 흘러온 뜨거운 피를 귀관들에게 몽땅 수혈해주겠다. 귀관들은 지금까지 고리타분한 낭만에 젖어 있던 과거를 모두 잊어라.

오늘 이 시각부터는 오직 영예로운 충무공의 후예로서 조국의 바다를 지키는 해군 해병 장교가 되겠다는 신념만을 가슴에 안고 전진하라.

나폴레옹은 말했다. 나의 사전에 불가능이란 말은 없다고. 귀관들에게도 불가능은 없다. 불가능은 없다는 정신을 확실하게 불어넣어 주는 것이 우리 사관후보생대의 임무이다.

나와 훈육관과 구대장들은 그 임무에 최선을 다할 것이다. 하면 된다는 믿음으로 18주 교육기간을 돌파하라. 영광스러운 임관의 그날에 나는 귀관들 어깨에 빛나는 다이아몬드를 달아줄 것이다. 무운을 빈다."

사관후보생 310명 총원이 훈련복을 갖춰 입고 연병장에 도열하여 듣는 첫 지휘관 훈시였다. 지휘관은 사관후보생대 부장 이

강진 해병 중령. 그들 앞에 닥쳐올 풍운을 예고하는 듯한 최고 지휘관의 카랑카랑한 목소리에 모두 알지 못하는 자극으로 온몸을 부르르 떨었다.

미처 경험해보지 못한 세계를 코앞에 둔 젊은이들에게 다가오는 정체불명의 18주는 공포 그 자체였다. 과연 이 중에 몇 명이나 살아남아 그 영광스럽다는 임관의 날에 도달할 것인지? 탈락의 쓰라림을 맛볼 자는 몇 명일지?

살아남아야 한다. 기어코 장교임관이라는 지상목표를 달성해야만 한다. 불안과 기대가 교차하는 가운데 OCS 제65차 함대는 출항의 고동을 올리고 있었다.

OCS. Officer's Candidate School. 해군사관후보생대. 일명 특교대라고도 한다.

대학을 나와 군대에 가야 하는 남자가 해군장교 복무를 지원한다. 엄격한 필기시험과 체력검증을 거쳐 사관후보생을 선발한다. 선발된 후보생들을 소집하여 장교로 임관시키기 위한 교육을 하는 곳이 OCS이다.

말은 교육이라고 하지만 사실은 훈련이다. 18주 126일간의 훈련을 받고 해군이나 해병 소위로 임관을 한다. 임관 후에 각자 병과에 따라 임지로 가서 의무복무 기간 3년을 복무하고 중위로 전역을 한다.

해병대는 해군과는 다른 별개의 조직과 체계를 갖춘 군대이지만, 해군과 마찬가지로 바다를 전장으로 삼기 때문에 해군과 해병대는 불가분의 관계에 있다. 따라서 해병 사관후보생도 해군 사관후보생과 함께 해군사관후보생대에서 같이 훈련을 받는다.

4년의 대학 교육과정을 거쳐 해군장교로 임관을 하도록 되어 있는 해군사관학교 졸업생 중에서도 해병장교가 되는 사람들이 꽤 있다. 해군과 해병은 예로부터 형제간이다. 해병대도 싸우러 갈 때는 배를 타고 가야 하니까.

OCS에 들어가기는 결코 쉽지 않다. 지원자가 많아 선발 경쟁률이 매우 높다. 장교와 사병의 의무복무 기간이 3년으로 같기 때문에, 이왕이면 장교로 복무하겠다는 사람이 많은 것이다.

선발시험을 통과하여 사관후보생대에 입교를 하더라도, 훈련을 무사히 소화하여 임관에 성공하는 것 역시 쉽지 않다. 그 훈련은 혹독하기로 악명이 자자하다. 이것을 통과하기 위해서는 쏟아지는 갖가지 정신적 육체적 시련을 견뎌내야 한다.

한 명의 해군 해병 소위가 탄생하여 거친 바다로 나선다는 것은 결코 간단한 일이 아니었다.

이렇게 선발되고 조련 받은 OCS 출신 해군 해병 장교의 자질은 이미 정평이 나 있다. 그들은 해군사관학교 출신 장교들과 더

불어 조국의 바다를 지키는 쌍두마차 역할을 감당한다.

그들이 장교로서 임무를 다하고 전역을 한 후 사회에 진출해서도 그 명성은 굳건히 유지되어왔다. 문무를 겸비하고 장교로서의 리더십을 갖춘 사나이들은 사회 곳곳에서 부름을 받고 리더로 활약하게 된다. 그들의 가슴에 새겨지는 자부심은 굳게 다져진 채 평생을 가게 마련이다.

OCS 65차는 다음과 같이 편성되었다. 병과별로 3개 중대가 있다.

임관 후 군함을 타는 함정과 1중대 100명.

배를 타지 않고 육상에서 근무하는 기술행정과 2중대 150명.

해병대로 갈 상륙병과 3중대 60명.

각 중대에는 30여 명 단위의 구대가 있다.

1중대 3개 구대, 2중대 5개 구대, 3중대 2개 구대.

훈련 담당자는 다음과 같다.

사관후보생대 전체 지휘관 부장 중령 1명.

각 중대에 훈육관 소령 1명씩, 모두 3명.

직접 후보생을 훈련시키는 구대장 1중대 3명, 2중대 5명, 3중대 2명, 모두 10명.

초급장교인 소위, 중위가 맡는 구대장은 사관후보생에게는 저

승사자 같은 공포의 대상이다. 훈련과정에서 후보생들을 죽음 직전까지 몰아갈 권한이 주어진 절대자이다. 자기 자신이 바로 전에 똑같은 훈련을 받고 임관을 했기 때문에 아직 독기가 생생히 살아 있다.

훈련을 받는 이들에게 주어진 공식 명칭은 사관후보생이지만, 줄여서 사후생이라고 불렀다. 그 사후생이란 호칭은 본래의 의미를 벗어나서, 후보생 사이에 꽤 상징성이 있는 말로 바뀌어 쓰이곤 했다.

死後生. 한자로 죽을 사에 다음 후를 썼다. 죽은 다음의 생이다. 즉, 산목숨이 아니라 이미 죽은 목숨이라는 뜻이다. 넌 이미 죽은 목숨이나 마찬가지이니 닥쳐오는 모든 것을 회피하지 말고 이겨내며 훈련을 받으라는 암시이다.

사후생이라는 이 자조적인 의미의 호칭은, 점차 훈련이 진행되면서 저주의 호칭으로부터 자부심의 호칭으로 변모해가는 과정을 밟게 된다. 극한의 난관을 끈질기게 참고 견디어낸 자라는 의미를 띤 애칭이 되는 것이다. 사관후보생들에겐 퍽 친근하고 자랑스러운 호칭이다.

아닌 게 아니라 18주 동안 그들 310명 사후생들은 310개의 시체나 다름없었다. 언제 어디에서라도 땅바닥에 누우라면 눕고, 구르라면 구르고, 진창을 기어가라면 기었다. 한밤중에 발가벗고 연병장에 나오라면 나가고, 구대장이 '빳따'를 치겠다면 주저 없이 엉덩이를 내밀고 맞을 자세를 취했다. 밥을 주면 먹고, 안 주면 몇 끼라도 굶어야 했다. 자신이 항상 춥고 졸리고 배고파하는 별수 없는 동물체에 불과하다는 사실을 깨닫는 데에는 그리 오랜 시간이 필요하지 않았다.

기실 엠원(M1) 소총을 들고 제식훈련을 하고, 워커군화를 신고 구보를 하고, 사격이나 유격 훈련을 받는 것 같은 통상적인 훈련과정은 그들에게는 아무것도 아니었다. 그런 것은 군인이라면 누구나 다 하는 일종의 병정놀이이다.

그들은 높은 경쟁률을 뚫고 선발된 해군 해병 장교후보생들이었다. 단순히 하나의 병사가 되기 위해 그곳에 불려온 것이 아니라, 지휘관이 되기 위해 특별한 단련을 받으러 자청하여 온 것이다.

그들 앞에는 안 입히고 안 재우고 안 먹이는 고문 같은 훈련과정이 장치되어 있었다. 고문을 받으며 강해지고, 그 강해짐 속에서 자부심을 키워가는 것이 그들에게 주어진 논리이자 현실이었다.

1948년 창설된 이래 OCS를 줄곧 관통해온 그러한 논리와 현실은 이제 1976년 입교한 65차도 예외가 될 수 없었다. 그들 310명 사후생이 처할 운명도 4,300명 선배 사후생이 처했던 운명과

하등 다를 것이 없을 터였다.

그러나 어찌 알았으랴? 그 가혹했던 운명이 먼 후일 삶을 되돌아볼 때 가장 감미로웠던 추억이 될 줄이야. "난 OCS였어. 그때 그 연병장, 그 바다에 난 존재했었어!"라고 그들은 내내 되뇌며 살게 될 것이었다.

현은 사후생 일련번호 58번을 부여받고 제1중대 제3구대에 배정되었다. 유난히 표독스럽다고 소문이 나 있는 이길섭 해군소위가 구대장이라고 했다. 그는 임관한 지 1년이 채 안 된 신출내기 장교로 독이 오를 대로 올라 있다는 것이었다. 제3구대에 배정된 사후생들 모두가 자신에게 닥친 불운에 탄식을 내뱉었다.

그에 비해 제1구대에 배정된 사후생들은 한결 여유로운 표정이었다. 제1구대의 구대장은 임관 3년차인 해군 중위였으니, 일단 독기는 좀 빠진 상태가 아니겠느냐는 예측에서였다.

그들 사관후보생, 아니 사후생들은 훗날 돌아봤을 때 일생을 통틀어 가장 불안했던 심리상태에서 시낸 가장 길었던 시간이었다고 평가를 내리게 될 그 암흑의 터널 속으로 깊이 빠져들고 있었다.

5. 훈련

우리들은 이 바다 위해

이 몸과 마음을 다 바쳤나니

바다의 용사들아 돛 달고 나가자

오대양 저 끝까지

나가자 푸른 바다로

우리의 사명은 여길세

지키자 이 바다

생명을 다하여

– 〈바다로 가자〉, 손원일, 홍은혜, 1946

훈련은 입교신고 '빳따'와 함께 시작되었다. 야구방망이를 훈련용으로 사용하면 빳따가 된다. 빳따를 지팡이처럼 딛고 선 구대장이 빳따의 의미에 대해 친절하게 설명을 해준다.

"귀관들! 이 빳따를 잘 봐라. 여기에는 이 사관후보생대를 거쳐 간 선배장교들의 성스러운 핏자국이 알알이 스며 있다. 이 빳따야말로 싸구려 커피물에 잔뜩 젖어 있는 귀관들을 정신 번쩍 들게 할 유일한 특효약이다.

지금부터 이 특효약을 귀관들 모두에게 공평하게 나눠줄 것이니 감사히 받아 마시기 바란다. 한 대 한 대 맞을 때마다 선배장교들의 정신을 본받는다는 표시로 필승 구호를 복창하라."

구대장은 해병대식 팔각모를 쓴다. 팔각모를 눈이 보이지 않게 깊이 눌러 쓴 구대장의 굳게 다문 입가에는 결연한 의지가 흐르고 있었다.

사후생들을 유혈이 낭자한 세계로 몰아가고야 말 것이라는 불길한 예감이 그들의 뇌리를 엄습해왔다. 구대장이 들고 있는 그 야구방망이에는 정말 간간이 붉은색이 입혀져 있었다. 수천 선배장교들의 핏자국이라는 것이다.

그 붉은 물질이 진짜 피인지 뭐인지는 직접 만져서 확인해볼

방법이 없고 또 굳이 그럴 필요도 없었다. 그들은 앞으로 저 빳
따 앞에 무방비로 내던져질 것이다. 그 예감만으로 그들의 절망
과 공포심이 채워지기에 충분했다.

그들 모두 처음이기에 입교신고식의 빳따는 매우 서투르게
맞을 수밖에 없었다. 고통을 참지 못해 온몸을 비트는 반응을
보였다.

그러나 이제 곧 빳따에 익숙해지면 달라질 것이다. 맞는 동안
내내 양호한 자세를 유지하며 능히 고통을 감내하게 된다. 종내
에는 빳따의 효용과 정당성을 인정하게 되며, 더 나아가 훈련의
마지막 시기에 가면 그것에 애정을 느끼는 단계에까지 이르게
된다.

빳따 앞에는 불가능이 없다. 모든 것을 가능케 한다. 이것은
분명한 명제이며 불변의 진리이다.

빳따는 치는 사람과 맞는 사람의 호흡이 일치해야 큰 부상 없
이 제 효과가 나는 일종의 기술적 작업이기도 했다. 제대로 치
고 제대로 맞기만 하면 50대를 맞아도 엉덩이에 피멍이 들 뿐이
지 골절상 같은 다른 부상은 없다. 그래서 빳따는 예술이라고도
했다.

1인당 10대씩으로 비교적 가볍게 신고빳따를 맞으면서 사후
생들은 한 대 한 대마다 정성스럽게 구호를 붙였다.

"필승! 필승! ---"

해군의 구호는 필승이다. 해군이 존재하는 한 이 구호는 변함이 없다. 현도 어금니를 꽉 물고 엉덩이에 불벼락을 내려 받으면서 힘차게 필승 구호를 외쳤다.

입교 사흘 만에 '옥포탕'이 실시되었다. 무장을 갖춘 채 바닷물 속으로 들어가서 견디는 훈련이었다.

아직 추위가 가시지 않은 3월의 어두운 밤, 진해 앞바다 옥포만의 바닷물은 심장을 얼어붙게 만들기에 충분했다. 목 밑까지 물에 푹 담그고, 엠원 소총을 두 손으로 머리 위에 치켜들고, 목이 터져라 군가를 불렀다. 그것은 군가가 아니라 차라리 단말마의 비명이었다.

거의 실신하기 직전에야 바다로부터의 철수명령이 떨어졌다. 육지로 올라와 몇몇은 쓰러져서 응급처치를 받았다. 그래도 오랜 경험으로 심장마비 사망자는 절대 나오지 않는다는 것을 알고 있었다. 사람이 독기를 품으면 그처럼 강한 존재가 된다는 사실을 깨닫는 순간이었다.

해군 해병 장교훈련의 최우선 과목은 역시 구보였다. 무조건 달린다. 달리고 또 달린다. 새벽부터 밤중까지 시기를 불문하고, 중무장을 하거나 팬티바람 알몸이거나 구별 없이, 구보는 무제

한으로 실시되었다.

대열에서 낙오를 하면 벌칙이 매섭다. 명예가 생명인 장교후보생에게 벌칙보다는 쏟아지는 눈총과 수치심이 훨씬 더 견디기 어렵다. 죽지 않기 위해 죽을힘을 다해 달린다. 처음엔 힘겨워 하던 사후생들도 훈련이 진행되면서 자연히 능숙한 러너로 변모해간다.

그러지 않을 도리가 없다. 구보대열을 따라가지 않고서는 후보생으로 생존할 가망이 없는 것이다. 숨이 차 심장이 터질지라도 악착같이 뛰어야 한다.

해군은 물에서 사는 인간들이다. 해군에게 물은 신성하다. 어떠한 일이 있더라도 물을 사랑해야 하고 절대 피해서는 안 된다. 그걸 배워야만 해군장교가 될 수 있는 것이다.

비 내리는 날 연병장 구보가 실시되고 있었다. 행렬 중의 한 사후생이 본능적으로 물웅덩이를 피해서 발을 내딛고 지나갔다. 이 틈을 놓칠 리 없는 구대장이다. 해군이 물을 피한다는 죄목으로 함께 뛰던 그 구대의 사후생 전원이 무한정 구보라는 집단기합에 처해졌다. 한 명의 과오는 동행한 집단 전체의 연대책임으로 돌아간다. 밤새도록 연병장을 백 바퀴는 족히 돌았을 것이다.

그것은 그 후 사후생들이 어디서든 물만 보면 지극한 애정을 표현하는 습성을 체득하도록 하는 소중한 경험이었다. 습성은 본능보다 우월한 것이었다.

  해군에겐 동기생이 가장 소중한 존재이다. 해군장교는 휘하의 부하들에게 동기생에 대한 사랑, 동기애를 가르쳐주어야 한다. 그러자면 사후생 시절부터 스스로 동기애를 뼛속 깊이 심어두어야 한다.

  구대장은 선착순구보를 실시할 때 처음에 몇 번은 늦게 들어온 후미의 십여 명을 골라 빳따를 쳤다. 그러다 보면 맞는 사람은 대개 정해져 있게 마련이었다. 반면 뛰기를 잘하는 자는 항상 앞자리에서 안전했다.

  구대장은 그 꼴을 그냥 보고 넘기지 않았다. 돌연 앞자리에서 골라내어 빳따를 치기 시작했다. 죄목은 동기애 불량이었다. 동기생에게 양보하지 않고 혼자서 열심히 달려 좋은 자리만 차지하는 자는 동기애가 없는 자라는 것이다. 그들은 그 죄로 빳따를 두 배 맞았다.

  그러다가 또 어느 때에는 중간에 있는 사람이 끌려 나와 빳따를 맞기도 했다. 죄목은 빳따를 안 맞으려고 일부러 적당히 달려서 가운데 자리에만 가 있는 기회주의자라는 것이었다.

  이제 구보 실력에 관계없이 운에 맡기는 수밖에 없다. 어차피 빳따는 평등하게 내려지는 것이니 회피하지 말고 동기생들과 생사를 함께하라는 일종의 동기애 교육이었다.

정신없이 구르고 뛰면서 훈련 2주가 지났을 때, 그들은 처음으로 영외구보를 나가게 되었다. 그동안 사관후보생대 연병장 안에서만 뱅뱅 돌면서 뛰다가 드디어 처음으로 후보생대 영문 밖으로 나서는 순간이었다. 후보생대 바깥으로 나갈 뿐만 아니라, 아예 해군통제부 구역을 벗어나 진해 시내 민간인 거리에까지 진출하는 것이었다.

머리엔 얼룩무늬 헬멧, 허리엔 폭 넓은 가죽벨트와 수통, 발엔 워커군화, 가슴엔 앞에총 자세로 움켜쥔 엠원 소총. 집단구보에서 최대한 스피드를 낼 수 있는 단독무장 차림이다. 구대별로 4열종대로 편성된 묵직한 구보행렬이 로마 군단처럼 일사불란하게 전진해간다.

후보생대 영문을 나서면서부터 서서히 흥분에 들뜨기 시작하던 65차 사후생들은, 2주 전 그들이 통과해서 안으로 들어섰던 통제부 게이트를 반대 방향으로 지나가기에 이르자 더욱 분위기가 고조되었다.

자신들이 어디쯤 처박혀 있는지도 모르는 채 인간개조 작업에 복종하며 살다가, 새삼스레 인간세상으로 나와 인간을 구경하게 되었으니 감격스러울 수밖에 없었던 것이다.

아! 그때 눈앞에 펼쳐지던 풍경을 어떻게 잊을 수 있을까?

4월 초순부터 중순까지 진해 시가는 온통 벚꽃으로 뒤덮인다. 세계 제일의 벚꽃도시라는 사실을 과시하려는 듯이. 눈송이같이 하얀 꽃잎파리가 길 따라 늘어선 벚나무의 가지마다 빼곡히 채워진다. 바람에 날리는 꽃잎이 공간을 떠돌다 사람들 어깨에 머플러처럼 내려앉고 땅에 카펫처럼 깔린다.

영외구보 행렬은 그 꽃잎 카펫을 밟으며 아스팔트 신작로의 한가운데를 당당하게 나아간다. 모든 자동차가 통행을 멈추고 그들에게 자리를 내어준다.

길가에 행렬을 구경하는 시민들이 모여들었다. 미리 알고 일부러 나와서 기다리는 사람도 있었고, 길을 가다가 행렬을 보고 발길을 멈추는 사람도 있었다.

진해 시민에게 그 해군사관후보생들의 영외구보는 꽤 잘 알려진 행사였다. 그건 마치 새로 온 사관후보생들을 진해 시민에게 선보이는 행사와 같았다. 시민들은 전국 각지에서 모여든 사관후보생들에 대해 깊은 애정을 품고 자랑스러워했다.

그렇다. OCS는 진해의 꽃이었다. 매년 벚꽃이 필 무렵 진해를 찾아와 해군에 입문하는 젊은 사자들은 벚꽃과 마찬가지로 그 도시의 상징처럼 여겨졌다.

연도에 늘어선 시민들은 힘차게 박차를 가하며 달려가는 사관후보생들에게 훈련 잘 받고 훌륭한 해군 해병 장교가 되어달라는 격려의 박수를 쳐주었다.

개중에는 간혹 큰 양동이에 물을 담아 와서 바가지로 끼얹어 주는 사람들도 있었다. 그것도 매년 시민들 사이에 전해 내려오는 일종의 전통이었다. 사관후보생들의 이마와 등줄기에 흐르는 땀을 씻어주는 시원한 선물이었다.

사후생들은 시민들의 환대에 뿌듯한 감동과 자부심을 느꼈다. 그들의 내딛는 발길은 사뭇 가벼워졌다. 현도 느닷없이 쏟아지는 물벼락을 온몸에 맞으며 훈련 시작 후 처음으로 얼굴에 활짝 웃음을 띠었다.

그때 그렇게 길가에서 그들을 맞아주던 사람들 틈에 어떤 한 사람이 끼어 있었다는 사실을 현은 아직 알 리가 만무했다. 그 사람과 현의 눈길이 지나가면서 얼핏 마주쳤을지도 모르는 일이지만, 그랬다 한들 두 사람 다 이를 인식하지 못하는 것이 당연했다. 후일 또 다른 만남이 있다면 모를까, 그때의 현은 그저 그 사람 앞을 스쳐 지나갔을 뿐이었다.

해군에게는 군가가 필요하다. 사기를 올리기에 군가만 한 것이 없다. 구대장은 말했다.

"귀관들은 군가란 군가는 죄다 알아야 한다. 곡조 하나 글자 하나 틀리지 않고 정확히 외워야 한다. 그래야 수병들에게 모범이 되고 그들에게 군가를 가르칠 수 있다. 장교가 군가 하나 제대로 못 불러서야 어떻게 수병을 지휘할 수가 있단 말인가?"

사후생들은 고된 훈련을 마치고 난 후 밤늦게 군가교육에 소집되어 군가를 목청껏 불렀다. 소리가 구대장을 만족시키지 못하면 집단기합이었다. 낮의 구보 때 심장이 터졌다면 밤의 군가 때는 목이 터졌다.

밤에 배운 군가는 낮에 활용되었다. 특히 구보 중에 실시되는 군가는 몸이 힘든 것을 느끼지 않게 하는 신통한 효과가 있었다. 군가는 군인정신이 배어 있는 경전이다. 부르고 또 불러도 지겹지 않고 흥겨웠다. 모진 훈련에 찌들어 쌓인 울분을 분출하는 유일한 통로여서 그랬을까?

아마 군가의 힘에 의지하여 그들은 버티고 있었는지도 모른다. 먼 훗날 그들이 각자의 사회생활에 투입되어 살아가더라도, 머리에 박혀 있는 군가의 선율과 가사는 꿈속에서도 저절로 풀려나오곤 할 참이었다.

최초의 해군군가는 해군 창시자인 손원일 제독이 글을 짓고 음악가인 그의 아내 홍은혜가 곡을 붙인 〈바다로 가자〉이다. 해군의 대표군가로 가장 많이 불리는 군가는 〈해군가〉. 해병대가 제일로 내세우는 군가는 해병대 냄새가 물씬 풍기는 〈상륙전가〉. 현이 좋아하는 군가는 〈해양가〉였다.

검푸른 파도 삼킬 듯 사나워도

나는 언제나 바다의 사나이

흙냄새 그리우면 항구 찾아 달래고

사랑이 그리울 땐 파도 속에 뛰어든다

사나이 한평생 세월로써 못 재고

꿋꿋하게 살다가 사내답게 죽으리라

아~아~ 바다는 나의 고향

나의 집은 배란다

이 〈해양가〉는 뱃사람의 기개가 뚜렷이 부각되어 있어서 현뿐만 아니라 함정과 사후생들 모두가 좋아하는 군가였다.

대부분의 군가가 힘찬 행진곡풍인데 반해, 구슬픈 곡조와 청승맞은 가사로 된 색다른 군가가 있었다. 전체 훈련기간 중에서 가장 힘든 일주일간의 코스인 지옥주 중에 부르는 주제곡으로 지정된 〈지옥주가〉라는 군가였다.

어머니 아버지 이 아들 곱게 길러서

특교대에 보내시려고 이 아들 키우셨나요

악마 같은 훈련에도 이 몸은 살아왔건만

18주만 지나고 나면 멋쟁이 쏘위라오

해군 특수부대인 UDT의 훈련소에서 부르는 군가를 OCS가 가져와 일부 가사를 고쳐서 부르는 것이었다. 고향의 부모님이 생각나게 하는 노래였다. 밤중에 훈련하던 중에 구대장이 사후생들에게 이 노래를 부르게 하면 모두 저절로 눈물을 흘리곤 했다. 그래서 '최루탄가'라고도 했다.

해병대가 아끼는 〈상륙전가〉는 해병뿐만 아니라 해군도 다 좋아했다. 박진감 있는 곡조와 가사가 사후생들의 투지를 들끓게 했다.

날아라 전폭기야 울어라 함포
모함을 떠나면 배수진이다
빗발치는 탄막을 뚫고 헤치며
해병은 굳세게 싸우고 있다
아아, 상륙전 진격의 싸움
삼군에 앞장서서 해병은 간다

임관 후에 군함을 타게 되어 있는 함정과 1중대는 육상근무를 하게 될 기술행정과 2중대를 땅개 또는 드라이 내비(dry navy)라고 부르면서 한 수 아래 취급을 하려 했다. 1중대 자신은 물개라고 칭하면서 진짜 해군이라고 으스댔다. 그러면서도 2중대를 각

분야의 전문가들이 많고 비교적 신사적인 성품을 지녔다고 평가하여 상륙병과 3중대보다는 좀 더 나은 병과로 쳐주었다.

해병대 3중대는 그야말로 막무가내였다. 같은 65차 사관후보생대 안에서도 해병대 60명은 그들끼리 똘똘 뭉쳐서 무조건 돌격하고 무조건 이겨야 하는 본능을 키우기에 몰두했다. 해병대는 적진에 상륙하면 퇴로가 없다. 한번 전투에서 패배하면 그대로 다 죽는 것이다.

〈해병곤조가〉라는 군가 중에 "싸워서 이기고 지면 죽어라"라는 대목이 있다. 그 모토를 해병대는 어디서나 직접 실천하려 대들곤 했다. 해병사후생들의 인상은 날이 갈수록 험악해지고 해군사후생들을 대하면 잡아먹을 듯이 덤벼들었다.

해병대의 공격성은 중대 간에 축구시합을 할 때에 절정에 달한다. 그들은 운동경기를 하는 것이 아니라 전쟁을 벌이는 것 같았다. 행여 볼을 빼앗기기라도 하면 상대를 붙잡고 물어뜯기까지 하는 것이었다.

운동경기나 그 비슷한 경쟁을 벌이는 데 있어서 해병대를 이기려 하다가는 큰 사고가 발생한다는 사실을 해군이 알아차리기에는 바로 첫 축구시합만으로 충분했다. 그래서 함정과 1중대는 3중대는 아예 젖혀놓고 2중대 위에 군림하는 것만으로 만족했다.

그렇지만 누가 뭐라 해도 해군사관후보생대 65차는 모두가 한 연병장에서 뒹구는 피 끓는 동기생임에 틀림없었다. 한번 매어진 동기생끼리의 의리는 평생을 갈 것이었다.

시간은 지독하게도 늦게만 진행되어서 약속된 훈련기간 18주 126일은 평생 끝나지 않을 줄 여겨졌으나, 처음 몇 주가 지나가고 차츰 훈련에 익숙해지자 비로소 시간의 흐름이 느껴지기 시작했다. 사후생들은 자기 앞가림을 어느 정도 마치고 옆의 전우들을 살펴보며 그들과 사귈 여유도 가질 수 있었다.

사관후보생대 생활은 그 자체가 전투였다. 전쟁터에 나와 있는 것과 진배없었기 때문에 그들은 서로 전우였다. 그들끼리 경쟁을 하고 다투기도 했으나, 같은 배를 타고 운명을 함께 나누는 전우라는 자각이 들자 서로 격려하고 돕게 되었다.

현도 출신이 다른 친구들을 새로 사귀었다. 전국 각지에서 온 각양각색의 친구들이 있었다. 지성파 부류로는, 법대를 나와 고시 공부를 하다 온 친구도 있었고, 외교학과를 나와 외무고시에 합격하여 외교관으로 근무하다 온 친구도 있었고, 상대를 나와 외국 유학을 갈 계획을 가진 친구도 있었다.

낭만파 부류로는, 럭비 국가대표 출신으로 해군사관학교 생도 럭비팀 코치로 선발되어 온 친구, 통기타를 치는 싱어 송라이터(singer songwriter)로 여러 대학 축제마당마다 누비고 다니던 친구, 연세대 응원단장으로 연고전이 벌어지는 동대문 서울운동장을 주름잡던 친구도 있었다. 가히 인재들의 각축장이었다.

사후생 중에는 두고 온 애인이 아웃 오브 사이트, 아웃 오브 마인드(out of sight, out of mind)로 고무신을 거꾸로 신고 도망갈까 봐 걱정에 빠진 친구들이 의외로 많았다. 그런 면에선 차라리 현처럼 애인이 없는 쪽이 편했다.

비록 사관후보생대라는 꽉 막힌 극한상황 속에서 시계 톱니바퀴처럼 돌아가는 처지이긴 하나, 지나온 추억과 다가올 미래를 저버리지 못하는 어쩔 수 없는 젊음들이었다.

어언간 훈련의 절반인 2개월이 지나자 첫 상륙이 허락되는 때가 되었다. 해군은 군인이 부대에서 나와 민간인 지역으로 나가는 외출을 상륙이라고 부른다. 해군에게는 배가 곧 집이요, 육지는 외부세계이다. 해군의 외출은 배에서 육지로 상륙하는 것과 같다.

첫 상륙의 시간은 일요일 오전 10시 상륙, 오후 6시 귀대. 이동가능 지역은 진해 시내 일원. 재단사들이 후보생대에 들어와 미리 각자의 수치를 재어서 맞춰놓았던 카키색 장교복이 상륙 이틀 전에 지급되었다. 장교복을 입어보니, 비록 장교 계급장 대신 사관후보생 배지를 달긴 했지만 어슴푸레 장교의 풍모들이

드러났다.

　훈련 때문에 그슬린 시커먼 얼굴에 촌티가 가득한 이 사관후보생들을 수병들은 가장 두려워한다. 사관후보생은 아직 정식 장교는 아니지만, 법적으로 소위와 상사 사이의 계급인 준위 대우를 받기 때문에 수병에게는 상급자임이 분명하다. 한창 혹독한 훈련을 받는 중이기에 잔뜩 독을 품었다. 수병들이 거리에서 그들을 마주치면 무슨 트집을 잡혀 기합이라도 받을지 모른다.

　사관후보생들이 훈련 도중에 첫 상륙을 나온다는 소식은 이미 알려져 있었다. 멀리서라도 얼굴이 시커멓고 어딘가 어색한 장교 복 차림이 나타나면 수병들은 뒤로 돌아서거나 사잇길로 빠져서 달아나곤 했다. 그날 하루는 그렇게 피해 다니는 게 상수였다.

　곧 그들이 정식 장교로 임관이 되어 거리로 쏟아져 나온다면 수병들의 난관은 상시적인 것이 되고 말 것이다. 적어도 초임 소위의 독기가 어느 정도 빠지기 전까지 6개월간은 그렇다.

　첫 상륙 전날 밤 한밤중에 소집된 비상훈련의 당직 구대장은 3구대장 이길섭 소위였다. 구대장은 도중에 잠시 훈련을 중단하고 사후생 하나하나에게 물었다.

　"귀관은 내일 상륙을 하면 무엇이 제일 먼저 먹고 싶나?"

　사후생들은 저마다 그동안 머릿속에 그려왔던 다양한 메뉴를 구대장과 동료들 앞에 큰 목소리로 외쳤다. 가장 많이 나온 메뉴는 뜻밖에도 짜장면이었다.

현은 자신도 속으로 같은 메뉴를 생각하고 있었다는 사실에
스스로 놀랐다. 하고많은 음식 중에 기껏 짜장면이라니! 배를 곯
리며 때를 기다리던 사후생들의 두뇌와 육신이 원하는 것은 결
코 별것이 아니었던 것이다. 이 메뉴 선택 얘기는 그 후 동기생
들 사이에 두고두고 언급되는 추억거리가 된다.

상륙 전날 밤의 비상소집은 아무리 센 훈련이 가해지더라도
마냥 즐겁기만 했다. 내일은 장교복을 차려입고 민간인들이 거
니는 진해 시내로 나설 수가 있는 것이다. 밖에서 만나볼 사람이
기다리고 있는 사후생들은 더욱 기대에 부풀어 잠을 이루지 못
하고 뒤척였다.

현은 특별히 누굴 만날 계획이 없이 그냥 편하게 진해 거리를
거닐겠다는 생각뿐이어서 쉽게 잠들 수 있었다. 그날 밤만은 구
대장도 사후생들이 잠을 조금이라도 더 잘 수 있도록 더 이상 비
상훈련을 소집하지 않았다.

6. 만남

- 약속할 수 있니?
- 무슨?
- 내 서른 살 생일날, 피렌체의 두오모, 쿠폴라 위에서 만나기로, 어때?
- 피렌체의 두오모? 왜 그런 곳에서?
- 몇백 계단을 필사적으로 오르면, 거기에 기다리고 있을 피렌체의 아름다운 중세거리 풍경에는 연인들의 마음을 하나로 묶어주는 미덕이 있다고 했어.
- 그렇다고 딱히 거기서 만날 약속은 안 해도 되잖아. 서른 살 네 생일 때 우리 같이 가도록 해.
- 응. 우리가 헤어지지 않는다면.
- 그런 소리 하지도 마. 꼭 우리가 헤어질 것처럼 말하네.
- 모르잖니, 미래 일은. 그러니까, 오늘을 소중하게 생각한다면 약속해줘. 오늘의 이 마음을 언제까지나 간직하고 싶으니까 약속하는 거야.

- 『냉정과 열정 사이』, 츠지 히토나리, 1999

음악이 잔잔하게 흐르고 있었다. 그리 크지 않은 소리였으나 분명하게 들려왔다. 피아노 독주 선율이었다. 현은 발길을 멈추고 귀를 기울였다. 건물 안에서 흘러나오는 그 음악은 그에겐 퍽이나 익숙한 곡이었다.

현은 놀람과 반가움이 반씩 섞인 상태에서 귀를 기울였다. 이 곡이 이 자리, 이 순간에 들려오다니 이것이 현실인가 하는 느낌이었다.

그 음악을 듣는 순간 떠오르는 사람이 있었다. 대학시절 한때 현과 단짝으로 지냈던 동선 생각이 퍼뜩 들었다. 독문과를 다니다가 졸업도 하지 않고 도중에 유학을 핑계로 훌쩍 독일 프라이부르크로 떠나 가버린 녀석. 마치 다른 행성에서 잠시 지구로 놀러 왔다가 얼핏 자기 행성으로 돌아가버린 듯했던 친구. 그 친구로부터 현은 청년 대학생의 필수과목을 이수하기에 바쁜 나날을 보냈었다. 술과 담배를 배우고, 또 문학의 습성도 배웠다.

지금 흘러나오는 이 피아노곡은 그 친구 동선과 함께 그 다방에서 숱하게 청해 듣던 바로 그 곡이 아닌가!

6~70년대 장안에서 전성기를 구가하던 클래식 다방 '훈목'은 클래식 음악만 틀어주는 흔치 않은 다방이었다. 미국산 팝송과

이태리산 칸초네가 만연해 있던 뭇 다방들과는 현격히 차원이 다른 그 다방은 을지로에서 명동으로 꺾어 들어가는 골목 입구에 자리 잡고 있었다. 그 시절 헤르만 헤세를 탐독하며 '슈투름 운트 드랑(Sturm und Drang)'을 추구하던 또래라면 누구나 거기서 엮어진 한두 가지 추억쯤은 간직하고 있음직한 곳이었다.

시중에 널려 있던 다방들 중에서 훈목이 흔치 않은 존재였듯이, 함께 몰려다니던 모범생 부류의 친구들 사이에서는 동선 그 녀석 또한 결코 흔치 않은 존재였다. 독문학도이면서도 하이네나 릴케보다는 이상과 박인환을 즐겨 암송하며, 무절제의 경계선을 넘나들 정도로 술과 담배에 탐닉했다.

학교 수업에도 집에도 잘 들어가지 않는 방랑자 기질을 지닌 녀석이 유일하게 품위를 갖추는 테마는 클래식 음악이었다. 진정한 낭만주의자에게는 팝송보다는 역시 클래식이었다. 그리고 신촌보다는 명동이었다. 현은 왠지 모르게 흡인력이 있는 녀석에게 끌려서 함께 명동을 자주 출입했다.

가장 많이 찾은 곳이 훈목이었다. 동선은 멀리 유리 박스 속에 앉아 있는 DJ에게 그 곡을 청하는 쪽지를 넣어놓고 느긋하게 기다리다가, 이윽고 곡이 흘러나오면 소파에 기다랗게 기대어 두 눈을 지그시 감고 듣곤 했다. 달콤함과 쓸쓸함이 한데 엉킨 야릇한 표정을 지어 보이면서. 반을 훨씬 넘어 거의 필터까지 저절로 타들어간 청자 담배 개비에 아랑곳없이, 곡이 완주되는 때까지 그러고 있기 일쑤였다.

나중에 알게 된 사연에 의하면, 녀석이 고등학교 때 열애에 빠졌던 여자애가 유난히 좋아하던 곡이어서 늘 둘이서 함께 그 곡을 들었다는 것이었다. 고등학교 학생의 남녀교제가 학칙으로 금지되어 있던 시절에 역시 녀석은 퍽이나 조숙한 친구였다.

그렇게 그 곡 하나에 몰입하는 동선을 보며 한동안은 그에게 편집증이 있는 것 아닌가 여긴 적도 있었으나, 현도 따라서 그 곡에 익숙하게 되자 나중에는 둘이 함께 소파에 비슷하게 기댄 자세로 듣기에 이르렀다.

이렇게 그 곡은 현이 본격적으로 클래식 음악을 가까이하는 계기가 된 곡이었다. 당시 막 일기 시작한 클래식 음악 붐에 따라 대학생들이 명동이나 종로에 산재한 음악감상실로 몰려다니던 때였으니, 사실 현은 그 방면에 좀 늦게 트인 편이랄 수 있었다. 세간에 고지식하단 평이 나 있는 법대생으로서는 그나마 나은 편이긴 했지만.

학창시절 명동 입구 훈목에서 즐겨 듣던 그 곡을 그때 그곳에서 듣게 되었다는 이 우연한 사실에는 과연 어떤 의미가 깃들어 있었을까? 사람의 일에서 우연과 필연의 차이는 무엇일까? 그 차이란 것은 훨씬 시간이 흘러간 후에 평가를 내리는 결과론에 불과하지 않겠는가? 아무런 기억할 만한 결과가 없었다면 그저 우연으로 치고 지나쳐버리고, 마음에 새길 만한 결과가 있었다면 필연의 위치에 서서 추억의 한복판에 붙박이게 되는 것이겠지.

그날 그 마주침을 결코 우연이 아니라 필연으로 현의 가슴에 박혀 있게 만든 숙명적인 음악은, 바로 프레데릭 쇼팽의 66번 〈즉흥환상곡〉이었다. 훈목의 고성능 스피커를 통해 듣던 쇼팽의 〈즉흥환상곡〉이, 건물 벽을 사이에 두고 누군가가 직접 연주하는 피아노음으로 가느다랗게 흘러내리고 있었다.

누가, 이 곡을, 이때, 이 공간에서 타고 있는 것일까? 현은 건물 입구 문 앞에 선 채 그윽이 그 음악을 듣고 서 있었다. 연주가 끝날 때까지 한동안을 그렇게.

그 순간만은, 불과 몇 개월의 시간 간격을 두고 벌써 저편 커튼 뒤로 아득히 숨어버린 대학생 시절로 되돌아간 듯한 느낌이었다.

낭만의 학창시절에서 떠나온 후 그 얼마간의 시간 사이에 이미 현의 심신은 전에 비해 엄청난 변화를 흡수한 상태였다.

그는 이제 엄연한 군인 신분이었다. 길게 너풀거리던 머리카락은 뿌리만 남긴 채 짤막하게 정돈되었고, 낡아빠진 청바지 차림은 줄이 선 카키색 제복으로 대체되었다. 얼굴의 색깔과 표정도 딴사람 것처럼 확연히 달라졌다. 팔뚝에는 새로운 근육의 선이 이식되었다.

다 변했는데 오직 음악만은 그 음악 그대로 변함이 없다. 여전히 귓전을 감미롭게 파고드는 쇼팽의 선율!

그러나 똑같은 음률이었을 그 두 개의 음악이 시간과 공간의 간격을 사이에 두고 현의 뇌리에 던져주는 느낌은 사뭇 다른 것일 수밖에 없었다. 알지 못하는 건물의 문 앞에 잠시 서서 들어보는 그 음악은 전에 없었던 매우 강렬한 충격으로 와 닿고 있었다. 마치 오래전에 떠나와 이제는 영영 돌아갈 수 없는 먼 옛 고향을 머릿속에 떠올리는 것 같았다.

불과 몇 분 사이였으나, 현에게는 상당한 시간의 흐름이 지나쳐간 듯이 느껴졌다. 언제 음악이 끝났는지 모르게 조용해진 중에, 밖의 기척을 느꼈는지 건물 안쪽에서 도어가 살며시 열리고 한 사람이 모습을 나타냈다.

크지도 작지도 않은 키, 가녀린 편에 속하는 몸체, 머리카락이 어깨 위까지 길게 내려앉은, 앳되어 보이기까지 하는, 젊은 여자였다.

현은 눈앞에 여자 모습을 가만히 응시했다. 그녀 역시 뜻밖의 손님인 현을 응시할 뿐이었다. 다소곳이 앞으로 모은 그녀의 두 손 손가락이 유난히 희고 가느다랗고 기다랗게 드러나 보였다. 조금 전 그 곡을 탔던 사람이 틀림없다는 확신이 들게 하는 손가락이었다.

현은 그녀로부터 불청객이 아닌 하오의 방문객 자격을 얻어 실내로 안내되었다. 예정된 방문이 아니었는데도 의외로 순순히 받아들여졌다.

그녀가 끓여서 내린 원두커피를 대접받았다. 전등을 켜지 않았으나 어둡지는 않은 공간에서 두 사람은 제법 긴 대화를 나누었다.

현은 뜻밖의 행운 앞에 가슴이 두근거리는 것을 느꼈다. 그런 느낌은 정말 오랜만이었다. 아니, 처음이라고 해도 좋았다.

그들은 이승현과 김은주라는 이름을 교환했다.

"해군사관후보생대 첫 상륙을 나온 길입니다. 우린 외출을 상륙이라고 칭하지요. 해군은 배를 타는 사람들이고, 우린 지금 후보생대라는 배를 타고 있는 몸이니까요. 상륙 나와 거리를 걸어가던 중에 우연히 피아노 소리에 끌려 멈춰 서서 듣게 됐습니다."

"사관후보생대라면, 해군장교가 되기 위해서 훈련을 받는 분들 말인가요? 올해도 그분들이 진해에 오셨더군요? 저도 얼마 전에 그분들 부대가 열을 지어 거리를 뛰어가는 모습을 길가에서 봤답니다. 사람들이 끼얹어주는 물벼락을 맞는 것도 봤고요."

"아, 그랬나요? 우리가 영외구보 나올 때에 보셨나 봐요?"

"네, 요 앞길로 지나가기에 나가서 봤어요. 힘차게 구호를 외치는 소리가 멀리서부터 들려오던데요? 그래서 길가에 나가서 구경했지요. 지나가는데 물까지 뿌려주진 못했어도 박수는 열심히 쳐줬어요. 씩씩한 모습이 보기 좋았어요.

매년 진해를 찾아오는 귀한 손님들이 아니신가요? 이번이 몇 차인가요? 임관은 언제 하시고요?"

"저희에 대해 잘 아시는군요. 저희는 OCS 65차입니다. 18주 훈련 중에 절반이 지났고 이제 2개월 후에 임관입니다."

"진해 사람이라면 다 사관후보생대를 알고 관심이 많지요. 저도 작년에 그 임관식에 한 번 가본 적이 있어요. 거리에 걸린 플래카드를 보고 아무 초대도 없이 그냥 혼자 가보았지요.

하얀 제복을 입고 임관식을 하지요? 하얀 옷에, 모자도 구두도 다 하얗던데. 아주 예뻤어요. 마치 활짝 핀 목련꽃밭에 온 것 같더라고요."

"저보다 더 잘 아시는군요. 전 임관식에서 입는다는 흰색 해군 정복을 아직 입어보지 않아서 모르겠는데 말이죠. 저희는 오로지 2개월 후에 열리는 임관식만 바라보면서 견디고 있답니다.

갑작스런 청이겠지만, 그때 우리 임관식에도 와주시겠습니까? 정식으로 초청합니다."

"저를 임관식에 초청하신다구요? 다시 가보고 싶긴 하네요. 목련꽃 같은 그분들 모습을 또 한 번 보고 싶어요."

"꼭 오세요. 그날 만날 수 있다면 영광이겠습니다."

현의 초청에 대해 그녀는 확답하지 않았다. 현도 대답을 재촉

하지 않았다. 그 우연의 만남이 필연으로 이어질 것이라고는 섣불리 믿을 수 없었다.

포도(鋪道)에 구르는 낙엽을 잠시 응시하다가 그것을 밟고 지나쳐 가버리는 것이 우리네 일상사이니까.

현과 그녀의 첫 만남은 그렇게 지나갔다. 후보생대의 그 첫 상륙이 있은 후에도 간헐적으로 몇 번의 상륙이 더 실시되었으나, 현은 굳이 그곳을 다시 찾지 않았다.

가슴이 두근거릴 정도의 행운인 것은 확실했다. 처음 느껴보는 감정인 것도 사실이었다. 그러나 진정 간직할 가치가 있는 그 무엇은 조급해 하지 않고 기다렸다가 맞이하는 것이 낫다는 생각이었다. 그 우연이 필연으로 상승할 것인지 가만히 두고서 지켜볼 필요가 있는 것이다.

우선 눈앞의 훈련이 급했다. 일단은 무사히 해군소위로 임관이 되어야 한다. 오로지 현재의 훈련에 열중하면서 그 후에 닥쳐올 모든 것은 운명에 맡길 뿐이다.

7. 임관

병사들이여, 나는 그대들에게 만족하노라.

아우스터리츠 전투에서

그대들은 내가 기대했던 대담한 용맹을 충분히 증명했다.

그대들은 불멸의 영광으로 그대들의 독수리 훈장을 장식했다.

나의 민중들은 그대들을 기쁘게 맞을 것이다.

그대들이 '나는 아우스터리츠 전투에 참전했다'고 말하기만 하면

사람들은 답할 것이다.

'보라! 여기 용감한 자가 있다!'

– 나폴레옹 보나파르트(Napoléon Bonaparte),

아우스터리츠(Austerlitz), 1805. 12. 2.

훈련은 계속되었다. 훈련종목은 다양하게 바뀌어갔으나 훈련의 밀도는 항상 처음 수준을 유지했다. 그러나 훈련을 받는 사후생들이 체감하는 고통지수는 차츰 감소되었다.

빳따가 가하는 엉덩이의 통증도, 무장구보가 안기는 심장의 압박도, 한밤중 팬티바람 비상소집이 끼얹는 피부 속 깊숙한 한기도, 이제는 오만상 짓지 않고 어금니를 악문 채 담담하게 이겨낼 수 있게 되었다.

그만큼 인내심이 길러진 덕분이다. 아니, 그들의 능력이 자라났다고 해야 할 것이다. 일종의 인간적 진화라 할 만했다. 인간은 그런 능력이 있는 존재이다. 그래서 '안 되면 될 때까지'라는 군대의 구호가 가능한 것이다.

훈련의 전반기 2개월은 기본적인 정신무장과 아울러 육체적 능력을 배양하는 데 주력하는 군인화 과정이었다면, 후반기 2개월은 장교로서의 자질을 함양하는 데 중점을 두는 장교화 과정이었다.

후반의 장교화 과정에 들어서자 훈련의 내용도 진화하여, 연병장에서 뛰고 뒹구는 것 이외에 교실에 앉아서 이론을 공부하는 좌학시간이 대폭 늘어났다. 밥도 웬만하면 끼니를 거르지 않고 제 양을 다 먹게 놔두었다.

물론 때때로 부단히 실시되는 한밤중 비상소집 훈련과 변함없이 쏟아지는 빳따 세례는 여전했지만, 그래도 사후생들은 모든 것을 이겨내며 곧 해군 해병 장교가 될 것이라는 희망 속에서 사기가 충천해가기만 했다.

힘든 과정을 견디지 못하고 중간에 퇴교를 당하는 동기생들이 생겨났다. 모두 엄격한 심사를 거쳐 들어온 용사들이었지만, 예측불허로 찾아오는 불운은 어쩔 수 없는 것이었다.

유격훈련장에서 철조망 통과 훈련을 하다가 철조망 위로 쏘아대는 엘엠지(LMG) 기관총탄을 어깨에 맞고 거의 죽을 뻔했던 사후생은 곧장 통합병원으로 실려 나간 후 더 이상 모습을 보이지 않았다. 한밤중 비상훈련 도중에 실신하여 훈련 속행 불가 판정을 받은 사후생도 퇴교자 명단에 들었다.

장교가 되겠다는 포부를 안고 사관후보생대에 들어왔다가 뜻을 이루지 못한 채 물러나게 된 사후생들은 눈물을 뿌리면서 영문 밖으로 나갔다. 동기생들은 내무실에 덩그러니 남아 있는 빈 침대를 어루만지며 충심으로 그들을 기렸다.

비록 함께 임관을 하지는 못하게 된 그들이지만 그들도 역시 의리로 뭉친 동기생이라는 의식만은 평생을 갈 것이었다.

아무리 힘들어도 하루해는 지고 다음 날의 해가 떠오른다. 국방부 시계는 멈추지 않고 돌아가는 것이다.

훈련을 시작하고 첫 번째 보름달이 휘영청 밝게 떴던 밤에는 달을 쳐다보며 눈시울을 적시기도 했지만, "이제 저 보름달을 세 번만 더 보면 임관이다"라고 스스로를 달랬던 사후생들이다. 그만큼 임관은 그들에게 구원의 소망이었다.

진해를 벗어나 산속에 있는 유격훈련장에 가서 텐트생활을 하며 받는 유격훈련이 끝났다. 월요일부터 금요일까지 5일간 통틀어 잠은 열 시간만 자고 밥은 네 끼만 먹으며 악몽 같은 훈련을 견디는 지옥주(地獄週)도 지나갔다. 완전무장을 하고 멀리 산과 바다가 굽어보이는 천마산 봉우리에 올라가서 그 봉우리에 서려 있는 OCS 선배들의 혼 앞에 훈련이 마무리되었음을 고하는 전통적 행사인 천마산 구보도 마쳤다.

이제 정말 임관식밖에 남지 않았다. 임관식 때 입을 장교정복을 만들기 위해 재단사들이 부대로 들어와 몸을 재 갔다. 사진사들이 들어와 사관후보생대 졸업앨범에 실릴 사진을 찍었다.

커피물 잔뜩 들어 있던 대학생들이 들어와서 18주 126일 만에 기합이 바짝 들은 청년장교로 새롭게 태어나는 순간이 다가오고 있었다.

임관식 하루 전날 아침, 사관후보생대 3개 중대 총원을 연병장에 모아놓고 후보생대 부장 이강진 중령이 단상에 올라 마지막 훈시를 했다.

"지난 4개월의 훈련을 무사히 완수하고 영광스러운 임관을 하게 된 귀관들을 진심으로 축하하는 바이다. 도중에 퇴교를 하여 오늘 이 자리에 함께하지 못하는 17명의 동기생들이 한 사람 한 사람 눈에 밟혀 안타깝기 그지없다.

귀관들은 이곳에서 혹독한 훈련과정을 이겨냈듯이, 앞으로 임관 후에 임지에 나가서도 불굴의 인내와 용기를 발휘하여 OCS의 빛나는 전통을 지켜주기 바란다. 귀관들이 구보를 하는 중에 외쳤던 구호처럼, 가장 강하고 멋있고 미더운 해군 해병 장교가 되어라.

귀관들은 대한민국 해군 해병 장교다. 육군이나 공군보다 한 수 위라는 자부심을 가지고 그것을 실전에서 증명하라. 3면이 바다인 조국은 해군 해병이 지킨다. 국난극복의 성웅 충무공을 본받아라. 귀관들 한 사람 한 사람 충무공의 후예가 되어라.

그렇게 만들기 위해 여기 귀관들 앞에 서 있는 나와 훈육관과 구대장들은 세상 그 어떤 군대보다 강하게 귀관들을 훈련시켰던 것이다.

귀관들은 일생을 살면서, 어디서나 누구 앞에서나, '나는 여기 OCS 연병장에서 훈련을 받았다'고 말하라. 또, '나는 OCS 출신 해군 해병 장교로서 조국의 바다를 지켰다'고 외쳐라. 그러면 사람들은 그대들이 진정한 사나이였다고 인정해줄 것이다.

나의 자랑스러운 사관후보생들이여! 귀관들과 함께하여 행복했다. 부디 무운을 빈다."

그들에게 4개월간 하느님처럼 군림했던 이강진 중령은 훈시 마지막 부분에서 목소리가 갈라지며 눈물을 보였다.

연병장에 도열하여 훈시를 듣는 사후생들도 따라서 눈물을 흘렸다. 그동안 사후생에게 악마와 같이 굴었던 구대장들도 짐짓 고개를 숙이며 팔각모 밑으로 울음기를 감추는 듯했다. 훈련을 시키는 자도, 훈련을 받는 자도, 모두가 한 배에 탄 동지들이었던 것이다.

7월의 마지막 금요일 오전 10시. 해군사관학교 연병장. OCS 65차 임관식이 거행되었다.

사관후보생대는 편제상 해군사관학교 소속 기관으로 되어 있어서, 훈련은 사관후보생대에서 따로 받더라도 임관식은 해군사관학교에서 한다.

해사광장이라고도 불리는 해군사관학교 연병장은, 진해만이 내륙 깊숙이 들어온 바다에 바로 접해 있는, 한반도에서 가장 아름다운 해변으로 꼽히는 곳이다.

그 광장에 해군 240명, 해병 53명, 총 293명의 신임 장교들이 섰다. 해군은 위아래 모두 흰색의 해군장교 정복 차림이고, 해병은 위는 카키색 아래는 녹색의 해병장교 정복 차림이다. 해군장교 정모는 흰색, 해병장교 정모는 녹색이다.

순백색과 진녹색이 어우러진 293송이의 꽃이 만개했다. 그 꽃떨기들이 도열하여 이루는 방진(方陣)은, 가로 세로 대각선 어느 쪽으로 보나 열과 오가 엄정하게 맞추어진 기하학적인 구조를 연출하고 있었다.

광장에 면한 앞바다에는, 임관식을 축하하기 위해 한국함대 소속의 크고 작은 각종 군함들이 출동하여 닻을 내리고 바다 위에 떠 있다.

해군이 보유한 가장 큰 군함인 구축함으로부터 뿜어져 나오는 분수가 하늘 높이 올라가 커다란 무지개를 피운다. 어디선가 굉음을 내며 날아온 헬리콥터들이 일직선 대열로 축하 비행을 하며 사열대 앞을 지나간다.

광장에는 이제 더 이상 사관후보생 신분이 아닌 당당한 신임 장교들이 바다를 등에 지고 우뚝 섰다. 그들의 정면 앞에 길게 설치된 관람석에는 축하객들이 가득 찼다.

관람석 중앙에는 오늘의 임석상관인 해군참모총장을 비롯한 고위 장성들이 어깨 계급장에 번쩍이는 별을 달고 위세를 떨치며 앉아 있고, 그 좌우 양쪽으로는 자랑스러운 임관을 지켜보기 위해 모여든 가족 친지들이 앉아서 기대에 찬 시선을 광장 쪽으로 모아 보내고 있다.

그들의 뇌리에, 그리고 그들을 사랑하여 그 자리에 축하객으로 참석한 이들의 가슴에, 앞으로 영원히 각인되어 남겨질 아름다운 장면들이 영화 필름처럼 눈앞에 펼쳐지고 있었다.

그때야말로 그들 인생에서 가장 화려했던 순간이었다고 말할 수 있을 것이다. 젊음과 용기와 기대가 한껏 어우러진 그때 그 장소가 아니었던가!

오디세우스가 전쟁이 끝나고 고향으로 돌아가는 항해 중에 들렀던 섬들 중에서 가장 아름다웠다고 추억할 수 있는 곳은 어디였을까? 기억해보라. 우리네 인생 살면서 가장 좋았다고 추억에 남길 곳은 어디였던가?

아름다워라, 우리 청춘이여(Schön ist die Jugend)! 다시 가보지 못해 안타까워라, 그대들 청춘이여! 바야흐로 청춘의 절정이 연출되고 있는 바로 그 현장이었다.

임관식의 공식절차가 끝난 후, 현은 다른 동기생들과 함께 함성을 지르며 하얀 해군장교 정모를 허공 높이 던져 올렸다. 공중으로 한꺼번에 솟아오른 거대한 목련 꽃다발이 한순간 푸른 하늘을 수놓았다. 신임장교들이 임관식에서 전통적으로 하는 마지막 의식이었다.

그 후 광장에서 각자 가족을 만나 가족 앞에서 개별적으로 임관신고를 하는 것이 관례였다.

현도 역시 동기생 장교들이 하는 것처럼 가족 앞에 서서 거수경례를 붙인 후 목청껏 외쳤다.

"신고합니다. 해군소위 이승현은 1976년 7월 24일 해군 소위의 명을 받았기에 이에 신고합니다."

현의 힘차고 믿음직스러운 임관신고는 가족의 따뜻한 포옹으로 응답 받았다.

현이 그렇게 가족에게 둘러싸여 이쪽저쪽 얘기를 나누던 중에, 문득 현의 앞에 살며시 다가와 서는 사람이 있었다. 눈을 들어 바라보니, 역시 그녀였다.

현이 입고 있는 해군정복에 옷을 일부러 맞춰 입었나 싶게 흰 원피스 차림이었다. 소매 없이 긴 팔이 다 드러나고 무릎 위로 치마 자락이 살짝 올라간 경쾌한 모습. 아름답다고 할 수밖에 없는 자태였다.

현은 잠시 말없이 그녀를 살펴보았다. 짐짓 놀라는 표정을 지어 보였으나, 사실 현은 그녀의 출현을 은근히 기다리고 있었다. 아니, 상당히 기대하고 있었다. 아니, 반드시 오리라고 믿고 있었는지도 모른다.

현은 그때의 첫 만남 이후 한번 기다려보기로 했었다. 두 사람의 만남이 우연인지 필연인지 시험해보고 싶었다. 그런데 기어코 그녀는 나타난 것이다.

현은 안도감 같은 것을 느끼며 애써 태평한 표정으로 그녀를 맞았다. 그녀는 가지고 온 꽃다발을 현에게 건네주었다. 흰 장미꽃 열 송이.

"임관 축하드립니다. 이런 자리에는 목련꽃이 가장 어울린다고 생각했지만 철이 아니라서 못가지고 왔어요. 대신에 장미랍니다."

"고맙습니다. 그때 했던 제 초대에 응하신 겁니까? 설마 다른 사람 보러 오신 것은 아니겠죠?"

"지난 두 달간 내내 고민했어요. 어저께가 되어서야 결정할 수 있었어요. 가서 축하해드려야겠다고. 설마 제가 철없이 구는 것은 아니겠지요?"

"천만에요. 은주 씨의 등장은 오늘 임관식 행사에서 제가 기억할 만한 제일 멋진 장면이 되겠는데요."

그제야 그녀도 한결 밝은 표정이 되었다.

현은 그녀를 가족에게 소개했다.

"모두 인사하세요. 진해 제일의 피아니스트 김은주 씨입니다. 제가 좋아하는 쇼팽을 정말 최고로 잘 친답니다."

현의 어머니가 놀란 표정으로, 그러나 웃음기와 더불어 현에게 물었다.

"아니, 훈련 받으면서 어떻게 이런 훌륭한 예술가를 만났다더냐?"

"하하, 해군장교 훈련은 국제 신사를 만들기 위해서 예술교육도 받는답니다."

현의 유머러스한 대답에 가족 모두 웃음을 터뜨렸다. 그녀가 살짝 눈을 흘기며 현의 귓가에 속삭였다.

"제 연주는 딱 한 번만 아주 잠시 들어놓고서 평을 하다니요?"

"그 한 곡만으로도 판단 내리기 충분했어요. 쇼팽을 좋아하시잖아요, 그렇죠?"

그녀는 고개를 끄덕이며 다 들리도록 쾌활하게 대답했다.

"네, 쇼팽을 좋아해요. 죽을 만큼 좋아한답니다."

OCS 65차 신임장교들은 임관식을 마친 후 일주일간의 임관휴가를 얻어 전국 곳곳으로 흩어졌다.

진해 부근에 집이 있는 사람들이 아니라면 대부분 진해역에서 출발하는 열차를 타고 갔다. 그제야 그들은 진해역을 찬찬히 살펴보게 되었고, 진해역이 고풍스러운 삼각형 지붕을 머리에 얹고 있다는 사실을 알게 되었다.

진해에서 삼랑진을 거쳐 서울까지 가는 그 열차를 해군은 고향열차라고 불렀다. 고향열차는 진해라는 군사도시를 탈출하는 구명선이었다.

현은 꿈결 같은 휴가를 즐겼다. 반팔 소매로 된 흰 약식 정복을 입고 서울 거리를 쏘다녔다. 머리끝부터 발끝까지 온통 하얀 차림이었다.

온몸이 하얀 제복으로 싸인 반면 얼굴은 시커멓게 탄 해군 신임장교는 서울 시민들이 거리에서 마주치면 한 번씩 유심히 쳐다볼 만한 구경거리가 되었다. 그 희소가치가 그들에게는 어깨를 으쓱이게 하는 원동력이었다.

OCS에게는 임관 후 서울 한복판에서 특이한 기념행사를 벌이는 전통이 있었다. 임관휴가를 오면 그 전통을 이행해야 할 의무가 있다. 충무공께 임관신고를 해야 한다. 충무공은 그들에겐 해군 선배장교인 셈이다.

일단 동기생들끼리 약속을 하여 광화문 이순신 제독(장군이 아니라 제독이다. 해군은 반드시 이순신을 제독이라고 불러야 한다) 동상 밑에 모인다. 동상 앞에서 단체로 임관신고를 하고, 해군가를 부르고, 해군의 다짐을 암송한다.

그런 후 열을 지어 광화문 대로를 행진한다. 교통이 막혀도 상관하지 않는다. 교통경찰도 감히 그들 흰 제복의 행렬을 막지 못한다. 행렬의 목표는 가장 번화한 중심가 명동이다. 명동에서 가장 큰 생맥주집 카이저호프(Kaiserhof)와 뢰벤브로이(Löwenbräu)를 분산하여 점령한다.

가능한 한 떠들썩하게 실컷 마신다. 최소한 각자 1,000씨씨(cc) 조끼 다섯 개 이상씩은 마셔야 한다. 간혹 주변과 시비가 붙더라도 절대 사람에게 폭행을 가하는 법은 없지만, 테이블이나 의자 정도는 뒤엎어도 좋다. 주인이 항의하면 손해를 배상하면 된다.

신고를 받고 경찰이 출동한다 해도 현역 장교를 함부로 터치할 수는 없다. 헌병대까지 출동해오는 경우라면 좀 골치 아프지만, 헌병들도 신임 해군장교들의 연례행사를 굳이 망치고 싶은 생각은 없으니 적당히 하고 물러나준다.

당시는 그런 낭만이 허용되는 시기였다. 모범생이었던 현은 해군에 들어가기 전에는 그런 일을 저지를 기회가 없었다. 현은 낭만파 해군장교로 변모해가는 과정을 차근차근 밟고 있었다.

8. 항해

England expects that
every man will do his duty.

- 호레이쇼 넬슨(Horatio Nelson),
트라팔가르(Trafalgar), 1805. 10. 21.

신임장교들은 임관휴가를 마치고 일단 진해로 복귀하여 해군 본부에서 하달될 부대 배치명령을 기다리며 대기했다. 이윽고 배치명령이 내려오자 각자 임지를 향해 떠나갔다. 어느 부대로 가느냐에 따라 희비가 엇갈리는 순간이었다.

함정과는 배를 타러 갔다. 배에는 여러 종류가 있다. 큰 배냐 작은 배냐, 새 배냐 헌 배냐, 전투함이냐 지원함이냐에 따라 차이가 많다.

구축함 같은 대형함은 공간이 넓고 시설이 현대적이어서 생활하기에 편하다. 그러나 선배 장교가 층층시하로 버티고 있고 내부 규율이 엄격하여 신참 소위로서는 조심스러운 면이 많다.

초계호위함 같은 중·소형함은 공간이 좁고 시설도 낡았지만, 대신 비교적 압박이 덜하고 좀 더 자유스러운 분위기여서 오히려 지내기가 편하다.

함포가 많이 달린 전투함은 기합이 바짝 들어 있는 데 비해, 기름 나르는 배인 오일러(Oiler)나 기뢰제거함인 소해정 같은 지원함은 분위기가 느슨하기 마련이다.

어느 쪽 배를 선호하느냐는 각자 성격에 따라 다르다. 그러나 선호한다고 해서 갈 수 있는 것이 아니다. 사관후보생대 수료 성적이나 기타 여러 조건을 감안하여 해군본부가 정하는 것이니, 그저 가만히 기다리다가 운명적으로 감수하는 수밖에 없다.

기술행정과는 배가 아닌 육지에서 근무를 하므로 함정과에 비하면 고생이 좀 덜할 것이다. 그러나 그들 사이에도 운수가 작용한다. 처음부터 서울 대방동의 해군본부로 발령받는 운 좋은 친구들이 있는 반면, 연평도 같은 낙도의 전탐기지로 가는 운 나쁜 친구들도 있다.

보급병과 중에는 포항 해병사단에 파견을 나가서 3년 동안 가슴에 빨간색 명찰을 달고 팔자에 없는 해병대 생활을 하는 봉변을 당하는 친구도 있다.

해병대는 포항의 해병사단이나 김포의 해병여단으로 갔다. 포항은 해병대가 출동하는 모항(母港)이고, 김포는 휴전선 바로 남쪽에서 수도권을 방어하는 최일선이다.

부대로 가면 당장 소대장으로서 소대원들을 지휘해야 한다. 거칠기로 이름 높은 해병대원들을 다루는 소대장을 맡기 위해 그들은 그토록 악에 바친 훈련을 받았나 보다.

장교도 빳따를 맞는 살벌한 풍토이지만, 그럴수록 사나이의 의리로 굳게 뭉쳐진 그들은 '한번 해병은 영원한 해병이다(Once marine, Forever marine)'라는 구호를 평생 되뇌면서 살아간다.

현은 동해안 북방수역을 관할하는 제1해역사령부로 발령을 받았다.

1해역사는 강원도의 항구도시 묵호에 자리 잡고 있었다.

병과가 전투병과인 함정과이므로 군함을 타는 것은 당연했으나, 묵호의 1해역사는 북한과 직접 마주치는 접적(接敵)수역이었으니 그만큼 더 힘든 것을 각오해야 했다.

현은 이왕 해군생활을 하는 김에 강하게 부딪쳐봐야겠다는 생각에 전혀 개의치 않았다. 오히려 잘된 것이 아닌가. 이제 진짜 모험이 시작되는 것이다.

현은 임지로 발령을 받아 진해를 떠나기 전 사흘간의 여유를 틈타 매일 저녁 연이어 그린하우스(Green House)를 찾았다.

그린하우스는 그녀의 이모가 운영하는 살롱이었다. 그녀는 이모를 도와 살롱을 함께 운영하고 있었다. 그 살롱은 원래 미국 해군장교들을 주요 고객으로 삼는 고급 살롱이었다.

진해에는 미국 해군이 많았다. 서태평양을 관할하는 미국 제7함대의 참모부대가 진해에 있었고, 가끔 진해항에 미국 군함이 입항하여 며칠간 정박을 하곤 했다.

미국 해군장교들은 서양풍을 갖춘 그린하우스를 자주 찾았다. 이모의 유창한 영어솜씨와 그녀의 피아노 솜씨가 결합하여 그린하우스를 진해의 명소로 만들어놓았다. 고급스러운 분위기가 소문이 나서 한국 해군장교 중에도 그런 분위기를 즐기러 오는 단골이 더러 있었다.

그곳은 현이 사관후보생대에서 훈련을 받던 도중에 첫 상륙을 나와서 들렀던 곳이었다. 현이 거리를 걷다가 피아노 소리에 끌려 걸음을 멈추었고, 그녀의 권유에 따라 무심코 안으로 들어섰던 건물이 바로 그린하우스였던 것이다.

그때는 낮이라 몰랐는데 밤에 보니 화려한 네온사인이 건물 입구에 걸려 있었다. 살롱 이름이 영어로 쓰인 초록색 네온사인이었다. 낮에는 고요한 느낌의 평범한 건물이었으나 밤에 네온사인이 켜지자 한껏 생기가 넘치는 살롱으로 변신하는 것이었다.

그때 그곳에서 그녀를 처음 만나 가슴 두근거리며 대화를 나누었었다. 짧지만 인상 깊은 대화였다. 그 자리에서 건넨 현의 초청을 받아들여 그녀가 임관식에 와주었지. 그녀의 눈부신 흰 원피스 차림이 기억에 선명하다.

이번에는 임관휴가를 마친 현이 임지로 떠나기 전에 그녀를 찾아온 것이다. 그녀는 마치 예견하고 있었다는 듯이 전혀 놀라지 않고 반갑게 현을 맞았다. 함께 음악을 듣고 술을 마셨다.

현은 처음으로 프랑스산 와인을 맛보았다. 그녀가 연주하는 쇼팽을 들었다. 그때 들었던 〈즉흥환상곡〉 이외에도 그녀가 악보 없이 마음대로 연주할 수 있는 쇼팽은 많았다.

두 사람이 나눌 얘기도 의외로 많았다. 그녀를 처음 보는 순간

받았던 예감대로 두 사람 사이에는 얘기의 톤이 잘 맞는다는 것을 느꼈다.

그녀는 현보다 두 살 아래였다. 나이에 비해 의젓하고 성숙한 태도가 현을 내심 놀라게 했다.

"클래식을 좋아하는 우리 모범생 해군 아저씨. 이젠 배를 타러 바다로 나가시나요? 그럼 우린 채 정이 들기도 전에 이별인가요?"

그녀는 피아노를 치다가 흘낏 현을 돌아보면서 말했다. 헤어지는 아쉬움을 토로하는 것 같은 그 말은 짐짓 장난기를 섞은 말투였으나, 분명 상당 부분 진심이 깃들어 있는 것이라고 느껴졌다.

"은주 씨, 우린 정이 이미 들 만큼 들은 것 아닌가요? 사흘간 매일같이 은주 씨를 찾아와서 함께 지냈잖아요? 정이 들었으니 그저 이별하기는 쉽지 않을 것 같은데요?"

"앞으로는 나를 부를 때 그냥 주라고 불러주세요. 나도 그쪽을 현이라고만 부를게요. 우리 서로를 그렇게 부르기로 해요. 다시 만나 이름 불러볼 기회가 있을지는 모르지만."

"그렇게 비관적으로 말하지 말아요. 난 곧 돌아올게요. 명을 받고 어쩔 수 없이 동해바다 일선으로 떠나지만 이 희한한 곳을 잊을 수는 없을 거예요. 반드시 와요. 두고 봐요."

"희한한 곳이라고요? 무슨 뜻으로 하시는 말씀? 긍정적 의미인가요, 부정적 의미인가요?”

“물론 긍정적 의미이지요. 이 살벌한 전쟁터에 이런 천국이 또 어디 있을까? 여긴 그린하우스라는 이름 그대로 꼭 안온한 온실에 들어와 있는 것 같아. 무엇보다 쇼팽을 치는 주 같은 사람을 만날 수 있으니까.”

“난 새장 속에 갇혀 우는 작은 새예요. 피아노는 내 울음소리. 난 이 피아노밖에는 할 일도 만날 사람도 없는 존재. 새장을 열고 훨훨 날아가고 싶어. 그런데 새장은 닫혀 있어. 꺼내줄 사람도 없죠.”

“백마 타고 오는 왕자님을 기다리시나?”

“그런지도 몰라요. 그래선지 흰 제복을 입은 해군이 좋던데요? 특히 서울에서 내려온, 공부도 참 잘했을 모범생 스타일의 현 같은 사람이 난 좋더라.

나나 내 이모님도 원래 여기 사람은 아니에요. 이모님은 미국 해군을 따라 여기에 왔고, 난 또 이모님을 따라왔지만, 우린 언젠가 이곳을 떠나야 해요. 가능한 한 빨리.”

“내가 다시 돌아오면 주를 다른 곳으로 데려가 줄까? 백마 탄 왕자님처럼?”

“정말 돌아올 거예요? 약속하는 거예요? 믿어도 돼요?”

그녀는 어언간 진심을 터놓고 얘기하고 있는 것 같았다.

“약속할게요. 지금 내 청을 하나 들어준다면.”

"무슨 청인데요?"

"〈즉흥환상곡〉 들려줘요. 마지막으로 가슴에 담고서 떠나게끔."

그 말을 듣자 침울한 듯했던 그녀의 얼굴에 화색이 떠올랐다. 그녀는 피아노 앞에 정좌를 하고 호흡을 가다듬었다. 그리고 이내 능숙한 손놀림으로 두 사람이 만나는 인연이 되었던 그 곡의 서두로 들어서기 시작했다.

여리면서도 제법 빠르게 나아가는 음의 잔물결이 건반 위로 퍼진다. 음 물결은 점차 고조되어가더니 어느덧 격하게 흘러내리는 여울로 변한다. 어느 정점에서 돌연 물살 흐름이 멈추어 서는 듯 짧은 정적이 깃들 때, 그녀는 뒤돌아보며 현에게 미소를 띠어 보냈다. 현도 미소를 띠어 답했다. 마치 두 사람이 눈으로 어떤 약속을 교환하기라도 하는 듯이.

다시 음이 출발하여 이제는 호수처럼 고요하기 이를 데 없는 선율로 채워진 칸타빌레 부분으로 들어서자, 그녀는 눈을 지그시 감은 채 연주하기 시작했다. 한없이 빠져드는 늪 속에서 허우적거리는 모습으로 음률의 심연 속을 거닐고 있었다.

건반을 부드럽게 쓰다듬어 가는 그녀의 고아한 손가락. 순간, 느린 템포를 끝내고 다시 시작되는 격한 여울. 그녀의 손가락이 언제 부드러웠나 싶게 건반을 거세게 때린다.

이윽고 여울이 잦아들고 맞이하는 마지막 코다 부분. 음이 허공에 스며들어 서서히 사라져갈 때는 마치 그녀의 숨도 따라서 끊어지는 듯했다.

음악이 멈추었다. 그녀는 연주가 끝난 후에도 한참을 그대로 움직이지 않았다. 현도 따라서 움직이지 않았다.

그 운명적 음악의 여운이 던지는 고요함에 두 사람은 꽁꽁 묶였다.

그렇게 자정을 넘겨 홀 안에 아무도 없게 될 때까지 그녀와 현은 그 자리에 오랫동안 함께 남아 있었다.

다음 날, 그녀의 〈즉흥환상곡〉을 가슴에 담은 채 현은 바다로 떠났다.

현은 동해 북부 묵호항에 기지를 둔 제1해역사령부로 갔다. 그에게 배당된 배는 PCE53 한산함. PCE(Patrol Craft Escort)는 중형 초계호위함이다.

배수톤수 650톤. 만재 850톤. 최대속력 16노트, 순항속력 12노트.

무장은 구경 76밀리 3인치포 1문, 40밀리 2연장포 3문, 20밀리 2연장 2문, 폭뢰 2기, 대잠로켓 2문.

승조인원 장교 10명 포함 총 99명.

한산함은 동해경비분대 소속으로서, 9년 전에 일어났던 뼈아픈 역사의 현장을 기억하고 있는 배였다.

1967년 1월 19일, PCE56 당포함이 북한의 해안포 사격을 맞고 침몰하는 사건이 벌어졌다. PCE56 당포함은 PCE53 한산함과 동급의 자매함으로서, 당시 함께 동해의 제1해역사 관할 해역에서 어선 보호 작전을 수행하던 중이었다.

그곳에 배치된 해군 군함들은 해역경비를 수행하면서, 부근에서 조업 중인 민간 어선들이 북방한계선을 넘어가지 않도록 지키는 임무를 부여받았다.

자칫하면 북한의 군함이 와서 자기네 영해를 침범했다는 이유로 남한 어선을 납치해간다. 실제 그런 일이 가끔 발생했다. 그런데도 많은 어선들은 북쪽에서 조류를 따라 내려오는 명태를 조금이라도 더 잡기 위해 위험을 무릅쓰고 북방한계선 경계 부근을 넘나들었다. 우리 해군은 어선의 북상을 제지하는 한편 북한 군함이 어선을 납치하지 못하도록 막아야 했던 것이다.

그 사건 당시 현장 부근 해역에는 동해경비분대 소속 군함들이 출동하여 작전을 펴고 있었다.

기함인 DE(Destroyer Escort, 호위구축함)71 경기함, PF(Patrol Frigate, 초계경비함)65 낙동함, PCE53 한산함, PCE56 당포함, 이상 네 척이었다.

때마침 일군의 어선들이 북쪽 위험해역으로 들어서자, 당포함은 이를 제지하기 위해 경고음을 울리고 경고방송을 하며 따라 가기 시작했다. 당포함은 작전 참가 함정 중에서 가장 육지와 가까운 쪽에 접근해 있었다.

그것은 순수한 어로 보호 작업이고 평소에도 수행해온 작전이었기에 설마 북한의 공격이 있을 줄은 예측하지 못했다. 그러나 저들은 이 기회를 노리고 있었던 것이다.

13시 50분경, 아무 경고도 없이 돌연 북한의 해안에 줄이어 배치된 125밀리 해안포들이 불을 뿜기 시작했다. 목표는 목전에 들어와 있는 당포함.

뜻밖의 공격을 당한 당포함은 즉각 76밀리포와 40밀리포로 응사했지만, 함포의 사정거리나 위력이 북한의 해안포보다 못한 데다가 해안포는 바위 속에 은폐되어 있어 혼자서 당해내기는 힘에 겨웠다.

당포함은 사력을 다해 치열한 교전을 벌였으나, 20분간 200여 발 쏟아진 해안포의 집중공격을 견디지 못하고 치명상을 입어 드디어 14시 34분경 침몰하고 말았다.

71함, 65함, 53함이 구원차 달려왔으나 소용없었다. 당포함과 가장 가까이에서 작전 중이던 53한산함은 맨 먼저 접근해서 76밀리포 24발과 40밀리포 80발을 북한 해안으로 발사하며 당포함 구조에 나섰다.

그러나 소용이 없이 끝내 당포함은 수많은 희생자를 내며 바다 속으로 사라져가고 말았다. 승조원 79명 중 39명이 전사하고 40명만이 살아남았다.

그날의 짧은 교전은 그렇게 우리 해군의 일방적 피해만을 남긴 채 종료되었다. 북한 측도 피해를 입었을 것이나 결과는 미상이었다. 휴전 상태인 남과 북은 전투를 벌이더라도 이것을 전쟁으로 비화시킬 수는 없었다.

교전보고를 받고 현장으로 전투기가 출격하고 대형 군함이 출동했지만, 그저 시위에 그칠 뿐 더 이상의 확전은 허용되지 않았다. 한반도에서 한국군의 작전통제권은 전시, 평시를 막론하고 미국이 가지고 있었으므로 주한미군사령관의 명령 없이는 먼저 발포를 하지 못하도록 되어 있었다. 교전의 범위를 넓히는 것도 한국군이 독자적으로 할 수 없었다. 따라서 순간적으로 벌어지는 우발적 전투 이외에 별도의 보복공격은 허용되지 않았다.

그렇게 우리 해군 용사들은 조국의 바다를 지키다 차가운 동해 겨울 바다 속으로 자신의 몸을 묻었다. 한산은 동급 자매함인 당포가 최후를 고하는 비참한 현장을 곁에서 지켜봐야 하는 운명에 처했다.

그날부터 한산은 당포의 원수를 갚기만을 학수고대 기다려왔다. 해안포에 대한 직접적인 복수가 여의치 않다면 대신 다른 북한 군함이라도 잡아야 한다.

당시 북한 해군은 큰 군함은 없이 작고 빠른 소형 경비정 위주로 운영이 되고 있었다. 우리 해군처럼 상시 운항을 하면서 경비 작전을 펴는 것이 아니라 필요할 때만 살짝 바다에 나왔다가 이내 귀항해버리곤 했다.

승냥이 떼처럼 저 멀리 왔다 갔다 하며 우리 약을 올리는 북한 경비정들을 무슨 트집이라도 잡아서 박살을 내버리겠다는 염원이 한산의 승조원들 가슴속에 가득했다. 그러나 그 기회는 쉽사리 오지 않은 채 어언 9년이란 세월이 흘렀다.

그러던 중에 1976년 여름이 막 물러가고 가을바람이 들어설 무렵, 바로 그 배 PCE53 한산함에 현이 신임 '쏘위'(신참 소위는 임관 후 몇 개월 동안은 소위가 아닌 쏘위라고 불린다)로 부임해온 것이었다.

PCE급 군함들은 진해에 본부를 둔 한국함대의 제1전단 소속 전투함으로서, 원래 진해항에 기항하며 작전계획에 따라 작전 지역으로 나가서 작전을 펴고 작전이 끝나면 진해로 복귀하도록 되어 있었다. 그런데 당포함 사건 이후 해군 참모총장은 당포함과 자매함이었던 한산함에 대해서만은 사건현장인 1해역사에 기항하면서 작전을 펴도록 특별명령을 내렸다. 당포함에 대한 복수를 하라는 뜻이 담긴 배려였는지도 모른다.

때문에 현은 다른 PCE를 타는 동기생들과는 달리 진해를 떠나

꼬박 묵호항에서 머물게 된 것이다.

PCE는 전투함 중에서 그리 크거나 강력한 편에 들지는 못하지만, 나름 달릴 건 다 달려 있고 재빠른 기동력이 있어서 큰 배들의 앞에 서서 돌진하는 역할을 맡기에 제격이었다. 그래서 해군 장병들 사이에선 '거북선'이라는 애칭이 붙어 있기도 했다.

70년대 들어 북한 해군은 소련제 스틱스 미사일이 장착된 코마급 고속경비정을 도입했다. 군함의 크기와 화력에서 열세에 처해 있던 그들은, 작은 함정에서도 발사할 수 있는 미사일을 도입하여 우리 해군에 대항하는 차별적 전술을 구사하려는 것이었다.

스틱스 미사일의 위력은 이미 1967년 이집트와 이스라엘 간의 해전, 1971년 인도와 파키스탄 간의 해전에서 세계적으로 입증되었다. 이집트와 인도의 작은 함정에서 발사된 스틱스가 이스라엘과 파키스탄의 커다란 함정을 단발에 격침시켰던 것이다.

미국제 엑조세 미사일보다도 우수한 성능을 과시한 소련제 스틱스 미사일에 대한 경계령이 내려졌다. 그 이후 우리 해군의 구축함 같은 대형 군함들은 그 미사일 사정권 밖에 위치하고 중형 초계함들이 앞에 배치되는 전략이 세워졌다.

그러자 PCE의 위상은 역설적으로 높아졌다. 북한 해군이 그 비싼 미사일을 작은 배에는 함부로 쏘지 않으리란 기대라도 있었던 것일까? 항간에는 농담인지 진짜인지 그 소련제 미사일 한 발 값이 PCE함보다 더 비싸다는 설도 떠돌았다.

'해군쏘위 이승현'에게 생애 처음으로 주어진 공식 직함은 음탐관(音探官)이었다. 음탐관, '소나 오피서(Sonar Officer)'는 바다 밑의 잠수함을 탐지하는 장비인 소나를 운용하는 책임을 지는 장교이다. 현의 휘하에 중사 1명, 하사 1명, 수병 2명이 배속되었다.

북한은 60년대 이후 소련과 중국으로부터 잠수함을 대량 수입하여 실전에 배치하고 있었던 반면, 우리는 잠수함 분야를 미 해군에 의존할 뿐 한 척도 보유하지 못하고 있었다. 대신 잠수함을 잡는 구축함 운용에 중점을 두었다.

DD(Destroyer)형 구축함 같은 대형함에 장착된 소나만큼 성능이 좋은 것은 아니나 중형함인 PCE에도 소나가 갖추어져 있었다. 그걸로 북한의 잠수함을 잡아야 했다.

현은 지금까지의 배움이나 경험과는 전혀 무관하게 잠수함 잡는 사냥꾼이 된 것이다. 사냥꾼으로 거듭나기 위해서는 부지런히 배우고 연구해야 했다.

다행히 현의 밑에 있는 음탐장 박태훈 중사는 노련한 소나 전문가였다. 현은 박 중사로부터 구체적인 지식과 기술을 하나하나 배워나갔다. 진해의 함대사령부 산하 대잠훈련센터에 파견

되어 대잠수함전(ASW) 교육을 받고 오기도 했다.

현은 해군함대에서 주어진 임무에 몰두했다. 진해에 가서 일주일간 합숙교육을 받을 때에도 그녀에게 연락을 취하지 않았다. 진짜 해군장교가 되기 전에는 그녀 앞에 서 보이지 않으리라. 그것은 현 나름의 고집이요 자부심이었다.

현이 그녀에게 소식을 전한 것은 1해역사로 부임한 후 3개월이 지나 보낸 편지가 처음이었다.

"주, 그대는 내가 그대 생각을 하지 않는다고 여길지 모르지만, 사실 난 그대 생각을 자주 한다오. 너무 자주 생각하는 건 아닐까 자책을 할 정도로.

그린하우스에서 그대가 연주하는 쇼팽을 마지막으로 듣고 이리로 떠나온 지 벌써 3개월이 됐구려. 난 이제야 정말 해군장교가 되었다는 것을 실감한다오.

바다는 생각보다 고요하기도 하고 또 생각보다 난폭하기도 하네요. 바다가 평온할 때는 함이 마치 거울 위를 미끄러져가는 듯하지만, 거센 파도가 몰아칠 때는 우리 배는 그야말로 조그만 나무 잎사귀에 불과하다오. 호머 신화에 나오는 포세이돈이 과연 존재하는 듯싶어. 그 바다의 신이 화를 내면 실로 무시무시하더군.

오디세우스가 고향에 닿기까지 10년을 바다 위에서 방랑한 이유를 알 것 같아. 그때의 배들은 모두 돛을 단 범선들이었으니 오죽했을까?

동해바다야말로 진짜 바다라오. 그 바다에 줄도 없이 그어져 있는 군사분계선 주변을 정처 없이 떠돌자면 내가 정말 오디세우스라도 된 것 같은 기분이 들어요.

가장 험한 배 PCE를 타고 가장 험한 항해를 하는 한산함의 내 전우들이야말로 진짜 해군이요. 난 그들을 존경하고 사랑한다오.

언젠가 이 배를 내리게 되는 날, 난 주, 그대를 매일 볼 수 있는 곳으로 가겠소. 그럴 날이 어서 오기만을 고대하고 있소.

난 그대 곁에 돌아가겠다고 말했었지. 그건 우리의 약속 아니었나?

지금 몸은 힘들어도 머릿속은 무척 즐겁다오. 아마 그날이 하루하루 다가오고 있다는 느낌 때문이 아닐까? 그때는 그대의 쇼팽을 실컷 들을 수 있겠지."

그녀도 답장을 보내왔다.

"현이 뿌려놓은 씨앗이 내 가슴에 싹을 틔우고 있답니다. 여러 번 만난 것도 아니고 많이 얘기 나눈 것도 아닌데 왜 그럴까 혼자 의문에 빠지곤 하지요.

임관식 날 하얀 제복을 입고 서 있던 멋진 모습이 항상 떠올라요. 이렇게 상상 속에서 그리는 것이 그리움을 더 키우는 것 같아요. 좋잖아요? 얼굴 맞대고는 차마 못 하는 말도 이렇게 막 할 수 있고 말이죠.

난 현이 이곳에 다시 오겠다고 한 말이 약속이었다고는 생각하지 않아요. 약속 같은 건 우리 하지 않기로 해요. 그냥 하고 싶은 대로 하는 것뿐이에요. 현이 하는 대로 놓아두고 보고 싶어요. 나도 내 마음이 흘러가는 곳이 어딘지 지켜볼래요.

옥스브리지 박사 되는 게 최고의 희망사항이라는 모범생 아저씨, 날개가 큰 새는 저 멀리 날아가 버리기에 별 어려움이 없겠지요.

그러나 새장 속에 갇힌 내 날개는 너무 작게 퇴화됐어요. 쫓아가기도 어렵겠죠. 그래서 만남이 기다려지면서도 또 두렵기도 하네요.

현, 당신이 배를 내려서 이리로 온다는 그날이 오기는 올까요?"

시간이 흐르면서 두 사람 사이에 오고 가는 편지는 차곡차곡 쌓여갔다. 만나지는 못해도 일상의 대화는 친밀도를 더해갔다. 그들은 기다리는 법을 배우는 중이었다.

PCE53 한산함은 9년 전 당포함의 원수를 갚기 위해 동해바다를 떠도는 외로운 늑대였다. 승조원 99명은 한 무리 늑대처럼 똘똘 뭉쳐 생사고락을 함께했다. 배가 깨져서 바다에 빠지면 다 함께 죽는다. 그들은 하나의 운명체였다.

해군장병은 진해 부근의 부산, 경남 지역 사람들이 많았다. 해군에서 버티려면 경상도 남쪽의 진한 사투리를 속히 습득하지 않으면 안 되는 이유였다. 현은 처음에는 그들의 말을 제대로 알아듣지 못해 답답했으나, 시일이 가면서 차츰 익숙해졌고 나중엔 오히려 경상도 사투리가 더 정겹게 느껴지기까지 했다.

한산함에서 현은 정한선 소위를 만났다. 그는 해군사관학교 30기로서 현보다 3개월 앞서 한산함에 부임해온 장교였다.

해사 30기는 4년간의 사관생도 교육을 마치고 1976년 4월에 임관하여 5월에 함대에 배치되었다. OCS 65차와 해사 30기는 같은 72학번으로 동년배였다. 30기는 65차보다 3개월 선임인 셈이지만 정 소위는 까다롭게 굴지 않고 현을 따뜻이 맞아주었다.

해병대에서는 분위기가 사뭇 다르다고 했다. 같은 소위끼리도 선임이 후임에게 빳따질을 한다는 것이다. 그러나 역시 국제신사 해군은 달랐다. 65차 동기생들은 실무에 나가서 모두 해사 30기와 동기생처럼 잘 지낸다는 평이었다.

정한선 소위는 경남 함안 출신으로 해사생도 시절 연대장생도를 역임한 인물이었다. 해군사관학교 연대장생도는 4학년 생도로서 전 해사생도 600여명을 통솔하는 선망의 자리였다. 그 자리는 해사를 대표하는 인물인 만큼 학업성적이 뛰어남은 물론 키가 크고 용모도 준수해야 가능했다. 연대장생도를 지내면 동기생들 중에서 장차 참모총장 감으로 최우선적으로 꼽히기 마련이었다.

"이 소위. 니는 일류대학 출신으로 출셋길을 달려갈 사람이고 난 영락없는 뱃놈 팔자로 살아갈 사람 아니것나? 앞으로 니는 대통령 한번 하거라. 난 참모총장 한번 해볼 낀께. 이담에 그렇게 출세들 해서 다시 만나세. 우린 피끓는 동기생이야. 안 그렇나?"

해군장교는 동기생이란 말을 최상의 언어로 여긴다.

"그래, 정 연대장생도. 너의 동기애를 평생 잊지 않을게. 이렇게 우리가 배에서 만난 것도 운명 아니겠어?"

현은 정 소위 스스로 가장 자랑스러워하는 연대장생도라는 호칭으로 그를 불러주었다.

정 소위는 연대장생도답게 해전사(史)에 밝았다. 현은 그로부터 해군의 역사를 배웠다. 세계 해전사에 빛나는 제독이 세 사람 있다. 충무공 이순신이 그랬던 것처럼, 국운을 건 해전에서 불리한 전력을 무릅쓰고 싸워서 극적인 승리를 거두고, 자신은 전투 현장에서 장렬히 전사를 한 해군제독이 세 사람 있다는 말이다.

1598년 남해 앞바다 노량 해전에서 임진왜란 동안 왜군에 고통을 당해온 수백만 조선 백성의 원수를 갚고 전사한 이순신. 1653년 북해 테르헤이데 해전에서 기적적으로 영국 함대를 꺾어 네덜란드를 구하고 전사한 마르텐 트롬프. 1805년 이베리아 반도 앞 트라팔가르 해전에서 프랑스·스페인 연합함대를 분쇄하여 나폴레옹의 영국 상륙 의도를 좌절시키고 전사한 호레이쇼 넬슨.

이 세 제독들은 전장에서 싸늘한 시체가 되어 모항으로 돌아왔으나, 그 나라 백성으로부터 왕을 능가하는 경배를 받았고, 영원한 조국의 수호신으로 역사에 길이 추앙되었다. 그들은 젊은 해군장교의 피를 끓게 하는 진정한 바다의 영웅들이다.

"이 몸도 싸나이로 해군에 들어온 이상 또 하나의 충무공이 될 끼다."

정 소위의 호언장담이었다. 그의 호기가 부러웠다. 정한선 같은 용사들이 있기에 조국의 바다가 지켜진다고 현은 생각했다.

현과 정한선 두 사람은 그렇게 마주치게 되었고, 그들 사이에 놓인 운명의 실타래를 풀어가기 시작했던 것이다.

한산함 승조원 중에 당포함 침몰을 현장에서 지켜봤던 갑판장 배일도 상사가 있었다. 그는 교전 당시 한산함을 타고 있었다. 현은 배 상사로부터 당포함 사건 얘기를 틈틈이 들었다.

그것은 생생하게 살아 있는 비극의 역사 비록이었다. 배 상사는 그 얘기를 하면서 눈물을 흘렸다.

"장교 2명, 수병 37명, 합해서 39명의 전우가 전사한 기라. 28

명은 함체와 함께 200미터 해저로 가라앉아 뿌럿고, 11명은 아 해군함정에 의해 구조되긴 했는데, 그중 4명은 구조 직후 갑판에서 사망하고 7명은 치료 도중 사망했제.

수온이 한 자릿수로 떨어지는 겨울 바다에 빠지믄 5분이 지나면 생명이 위험한 기야. 꺼내놔도 심장 쇼크로 죽어뿌리지. 5분 내로 꺼내줘야 해. 그러니 모두 겨울엔 절대 바다에 빠지지들 마소.

내가 죽기 전에 그 원수를 갚아야 되는데 그러지도 못하고 제대를 하게 생겼으니 평생의 한이 될 끼라. 앞으로 후배들이 내 대신 갚아주겠지."

배 상사는 자기가 직접 치른 일은 아니었지만, 그 후 한산함이 북한 해군에게 반쯤은 원수를 갚은 셈이 되는 일화도 들려주었다.

4년 전쯤에 배 상사가 잠시 육상근무를 하고 있을 때의 일이었다고 했다. 한산함이 해상 군사분계선을 넘어온 북한 경비정을 40밀리포로 갈겨 반파시켜서 쫓아냈다는 것이었다. 아마 그쪽 승조원 십수 명은 죽었을 거라고 했다.

그러나 그것으로는 아직 충분치 않다. 더 큰 놈을 더 확실하게 잡아야 한다. 한산함은 늑대의 눈을 번득이며 이빨을 갈고 있었다. 그 세계는 그만큼 살벌했다.

현은 정말 북한 잠수함을 하나라도 잡고 싶었다. 그래서 당포함 원수를 완전하게 갚고 싶었다. 그렇게 되면 해군이 원수를 갚는 것과 동시에, 현에게도 1년을 기다리지 않고 당장 중위로 특진을 하는 보상이 베풀어질 터였다.

잠수함이 수중에서 내는 음파가 소나에 걸리기만 하면 그냥 잡을 수 있을 것 같았다. 진원지를 쫓아가서 잠수함 추정위치의 수면 위를 S자로 기동하면서 쉴 새 없이 폭뢰를 투하하면 된다. 소련에서 들어온 북한의 중고품 디젤 잠수함은 이 공격을 견디지 못할 것이다.

그러나 한산함의 소나는 좀처럼 잠수함을 포착하지 못했다. 간혹 "지지직-" 하는 소음이 나서 혹시나 하고 신경을 곤두세우지만, 곧 지나가는 어군에 불과하다고 판명이 나곤 했다. "대한민국 해군 소나로 잠수함 잡기는 사막에서 바늘 찾기다"라는 농담도 떠돌았다. 아니면 북한 잠수함이 우리 해군을 겁내어 동해바다에 얼씬도 못 했기 때문인지도 모른다. 그렇게 믿는 게 마음 편했다.

현은 묵호항 한 귀퉁이에 박힌 독신 장교 숙소 비오큐(BOQ)에서 1년을 살았다. 현 밑에 배속된 음탐장 박태훈 중사와 서동일 수병이 외로움을 달래주는 벗이었다. 함께 배를 타는 뱃사람들은 서로 의리가 깊다.

현은 그들로부터 술을 배웠다. "술은 충분히 마셔야 한다"는 주도(酒道) 제1조도 습득했다. 30도짜리 쓰디쓴 막소주가 점차 설탕물처럼 달콤하게 느껴지기 시작했다.

대신 현은 그들에게 역사와 철학에 관한 지식을 전수해주었다. 프랑스혁명을, 차라투스트라를 설명했다. 그러한 이론이나 학문의 세계는 대학을 다니지 않고 사회에 뛰어든 그들에게는 경이로운 신세계였다. 그들은 현을 존경으로 대했다. 현은 한산함뿐만 아니라 묵호의 좁은 바닥에서 서울서 온 일류대학 출신 박사님으로 통했다.

진해 토박이로 해군사관학교 15기인 한산함 함장 박정호 중령은 현을 총애했다. "무엇이든 이승현 소위에게 물어보면 된다"고 주변에 말하곤 했다.

"여보게 이 소위. 자넨 장차 나라의 큰 일꾼이 되어야 하는 기야. 우리 사관학교 출신들은 이렇게 바다 위에서 짠물 먹으며 늙어가겠지만, 자네 같은 엘리뜨들은 나가서 외국물을 묵고 돌아와 이 어려운 조국을 위해 일해줘야 하는 기라.

아직도 후진국 신세를 벗어나지 못하고 있는 이 대한민국을 미국이나 영국 수준으로 만들어줄 책임이 자네 같은 사람들 어깨에 얹혀 있는 기 아니것나."

박 함장의 그런 말을 듣는 현은 가슴이 뭉클한 것을 느끼며 남몰래 주먹을 불끈 쥐어보게 되었다. 아직도 일인당 국민소득은 몇백 달러 수준이고, 경제력이 북한에 비해 낮다고 장담할 수 없는 때였다.

현에겐 아버지뻘이 되는 갑판장 배일도 상사는 현을 아들 대하듯 해주었다. 배 상사는 말했다. "군대생활 30년에 남은 건 회한과 무좀뿐이다"라고. 평생을 조국에 바친 직업군인의 그 자조 섞인 말은 현의 일생 내내 뇌리에서 사라지지 않는 어귀가 되었다. 배 안에 갇혀 살면서 회한과 무좀밖에 남기지 못한 그들의 노고의 대가는 모두 다 어느 누구에게 혜택이 되어 돌아가는 것일까? 현은 그분에게 까닭 없이 죄송스럽다는 마음이 들었다.

다들 좋은 사람들이었다. 거친 함상 생활이 주는 고통도 훌륭한 전우들과 함께하면 즐겁게 견딜 수 있었다. 철로 만든 군함을 타고 망망대해를 항해했던 그 시간은 잊을 수 없는 추억이요 소중한 교훈으로 현의 인생에 새겨졌다.

그렇게 어언 네 번의 계절이 바뀌었을 때, 현에게 배를 내릴 기회가 다가왔다. OCS 출신 함정병과 장교들은 대개 1년 내지 1년 반이면 배를 내려 육상근무를 하는 것이 보통이었다. 그들은 그때를 기다리며 힘든 함상생활을 견디는 것이다.

현은 주어지는 초이스 중에서 진해 근무를 선택했다. 이제 바다 위에서의 방랑을 마치고 그녀 곁으로 돌아갈 때가 된 것이다.

9. 낭만의 도시

여행을 떠나고 싶다.

지난밤 내 젊은 날이 어딘가 푸른 산속 멀리 떨어진 마을에서 기이하게도 아직 존재하고 있는 듯한 꿈을 꾸었다.

잘 아는 아름다운 여인이 오랑캐꽃 다발 위에서 쇼팽의 〈S장조 야상곡〉을 연주하고 있는 듯이 생각되었다.

향수와 함께 날개 없는 고통을 잘 이해하고 있는 노래였다.

부드러운, 은밀한 고통을 통해서 정화된 박자였다.

나는 먼지가 앉은 채 잊힌 바이올린을 꺼내 나지막한 선율을 켜기 시작했다.

갈색의 악기에서 내 잃어버린 청춘이 은밀한 저음이 되어 울려나왔다.

– 헤르만 헤세, 스위스 바젤, 23세(1900년) 날짜 미상 일기

1977년 9월 문화방송(MBC) 주최 제1회 대학가요제의 대상은 '샌드페블스(Sand Pebbles)'의 〈나 어떡해〉가 차지했다. '샌드페블스'는 서울대학교 2학년 재학생들로 이루어진 5인조 그룹사운드였다.

나 어떡해 너 갑자기 가버리면
나 어떡해 너를 잃고 살아갈까
나 어떡해 나를 두고 떠나가면
그건 안 돼 정말 안 돼 가지 마라
누구 몰래 다짐했던 비밀이 있었나
다정했던 네가 상냥했던 네가 그럴 수 있나
못 믿겠어 떠난다는 그 말을
안 듣겠어 안녕이란 그 말을

그 갓 스물이 된 앳된 젊은이들은 전기기타와 드럼을 부숴버리듯이 두드려대며 악을 썼다. 그렇다, 그것은 노래라기보다는 차라리 악이었다.

그것은 비단 떠나가는 애인을 향한 원망의 외침만은 아니었다. 때는 바야흐로 독재와 권위주의가 정점을 치닫던 유신말기였다. 그때에 억눌릴 대로 억눌려온 젊음이 내뱉는 절규라고 봐야 했다.

독재자의 횡포는 비단 정보부 지하 밀실 속에서만 저질러지는 것이 아니라 대낮에 대로상에서도 유감없이 표출되었다. 경찰관은 길거리에서 장발과 미니스커트 단속을 한다고 위세를 과시하며 돌아다녔다. 선남선녀들이 까닭 모르고 불심검문에 걸려들었다.

남자들은 머리카락이 셔츠 뒷깃을 덮으면 장발족으로 지목되어 경찰서로 잡혀갔다. 여자들에게는 스커트가 무릎 위로 얼마나 올라갔는지 그 수치를 잰다면서 대나무 잣대를 허벅지에 들이댔다.

그런 나라에서 가수들은 노래도 마음 놓고 부르지 못했다. 걸핏하면 사회 미풍양속을 해치는 불량노래로 찍혀 방송금지가 되고 출연금지가 되던 시절이었다. 심지어 가수의 사상 자체가 불온하다 하여 아무도 몰래 잡혀가서 흠씬 두드려맞고 만신창이가 되어서야 풀려나기도 했다.

샌드페블스 다섯 아이들이 악쓰는 그 노래는 순식간에 전국으로 퍼져갔다. 통기타에 포크송(folk song)이 유행이던 시절에 돌출해서 등장한 그 하드록(hard rock) 그룹사운드는 젊은이들에게 신선한 자극이 되었다. 세간에 공부벌레로 알려져 있는 서울대학교 학생들로 구성된 그룹이어서 더욱 화제였다.

특히 가사 내용이 애인을 후방에 남겨두고 군대에 온 총각들에게 어필했다. OCS도 예외는 아니었다. 해군장교로 멀리 떠나와 있는 그들은 후방에서 고무신 거꾸로 신고 도망가는 여인들에 대해서는 속수무책이었다. 그 상존하는 불안 앞에서 항변인지 경고인지 모를 '나 어떡해'를 외쳐대는 심정은 마찬가지였던 것이다.

현은 〈나 어떡해〉가 거리의 레코드 가게를 휩쓸고 있을 무렵에 해군 중위가 되어 진해로 복귀했다. 복귀라기보다는 비로소 처음 그 도시에서 생활을 시작하게 되었다고 하는 편이 옳을 것이다.

그곳에서 본격적인 낭만의 시기를 보내려고 찾아온 현을 반가이 맞아주는 사람들이 있었다. 처음부터 진해의 육상부대에서 근무하는 기술행정과 동기생들이 있었고, 배를 타다가 현보다 한 발 앞서 배를 내려 육상근무를 하는 함정과 동기생들도 있었다.

함정과 장교가 배를 타다가 내리면 전국 곳곳에 깔린 해군 육상부대로 전출되어간다. 최상의 자리는 서울의 해군본부로 가는 것이고, 최악의 자리는 외딴 섬의 전탐기지에서 감시레이더를 관장하는 전탐장교로 가는 것이다.

서울로 가면 매일같이 퇴근 후에 명동으로 나설 수 있는 반면,

전탐기지로 가면 몇 개월마다 특별휴가를 받아야 겨우 귀향을 할 수 있었다. 군대는 운에 따라 극과 극을 오가는 세상이다.

진해 잔류파 중에서 현과 마음 맞는 이들로 자연스럽게 하나의 그룹이 형성되었다. 이름하여 4인방. 그즈음 중국에서 권력자 모택동이 사망하자 따라서 몰락한 모택동의 측근 네 사람이 있었는데, 사람들은 그들을 4인방이라고 칭했다. 그 호칭을 본따서 스스로 진해 4인방이라 명명한 OCS 65차 동기생 네 사람이었다.

양현송 : 외국어대 영어과 출신. IQ 160 천재를 자칭. 기름 수
　　　　송선 오일러(Oiler)를 타다가 교육사령부 영어교관으
　　　　로 부임.
김규형 : 연세대 정외과 출신. 재학 중 외무고시 패스. 대학시
　　　　절부터 오래 연애해온 애인과 입대 직전에 결혼. DD
　　　　구축함을 타다가 함대사령관 부관으로 부임.
신호범 : 고려대 행정학과 출신. 럭비 특기입학생. 고연전 스
　　　　타. 재학 중 럭비 최연소 국가대표. 함정과이지만 배
　　　　를 타지 않고 곧장 해군사관학교 생도 럭비팀 코치로
　　　　부임.
이승현 : 서울법대 출신. 비고시파. 문학도. PCE 타다가 해군

해병 중견장교 교육기관인 해군대학의 국제법 교관
으로 부임.

진해 4인방의 특징은 우선 술을 잘 마신다는 것이었다. 현은
묵호에서 한산함 전우들로부터 단련받은 주력(酒力)이 뒷받침되
었기에 그룹에 합류할 자격이 충분했다.

의리와 낭만을 표방하는 사나이들이었다. 원래 낭만파의 소질
이 풍부한 자들이긴 했지만, 낭만의 도시라는 진해의 분위기가
그들을 더욱더 그쪽으로 몰아갔다.

그 4인방 중에 세 명은 진해 제황산 밑의 해군 BOQ에 살고 한
명은 시내 민가에서 하숙을 했다. 독신 장교들이 사는 BOQ는
그들이 매일매일 거사를 모의하는 아지트였다.

거사라고 해봐야 대개는 모여서 술을 마시는 것이다. 술을 마
시다 보면 반드시 심심치 않은 일거리가 생기기 마련이었다. 진
해의 술값이 아무리 싸다 한들 매일 마시다 보면 초급장교의 월
급으로는 감당키 어려웠다. 시간이 갈수록 여기저기 술집에 쌓
이는 외상값이 누적되어갔다. 그 술 외상값은 쌓아두었다가 나
중에 전역할 때 나오는 퇴직금으로 갚든지, 그것으로도 부족하
면 사회에 나가서 버는 돈으로 분할하여 갚아나가도 된다. 그만
큼 진해 술집들은 OCS에게 아량을 베풀어주었다. 이래저래 4인
방은 술을 아니 마실 수 없는 처지였다.

진해는 일본이 한반도에 야심차게 건설한 군항도시이다. 당시 일본은 이미 대한제국의 땅을 마음대로 지배하고 있었기에 천혜의 요지인 진해에 일본해군의 군항을 건설해놓았던 것이다.

1905년 동아시아의 패권을 걸고 일본과 러시아가 러일전쟁을 벌였을 때, 그 승패를 좌우한 것은 대마도 앞바다에서 벌어진 쓰시마 해전이었다. 그 해전에서 러시아의 발틱함대를 요격하기 위해 일본함대가 발진한 항구가 진해였다.

당시 세계최강이라고 자랑했던 발틱함대는 대한해협을 통과하여 블라디보스토크를 향해 항진하던 도중에 갑자기 출현한 일본함대의 급습을 받고 27척의 전함 중 21척이 침몰하는 거의 전멸을 당했다. 이로써 동아시아가 일본의 수중으로 들어가는 것을 막을 자는 없게 되었다.

그때 계획도시로 설계가 된 진해는 거리가 바둑판 모양으로 배열되었다. 시내 중앙에는 여덟 개의 아스팔트 대로가 모이는 광장 '팔거리'가 있다. 진해에서 모든 길은 팔거리로 통한다.

팔거리에서 뻗어나가는 여덟 갈래 길 중에서 한 갈래의 길가에 '흑백'이 존재했다. 서울에 '훈목'이 있다면 진해에는 '흑백'이 있었다. 흑백은 규모는 훈목보다 사뭇 작지만, 도시에서 차지하는 위상은 훈목보다 훨씬 컸다.

흑백은 진해 유일의 클래식 음악만 틀어주는 다방이었다. 인구 700만의 서울에는 클래식 다방이 심심찮게 있었으나, 인구 10만인 남쪽 끝 군항도시 진해에는 그런 곳이 하나라도 있다는 것이 신통했다. 1912년에 세워진 일본식 2층 목조건물을 1955년 유택렬 화백이 사들여 예술인들을 위한 터전을 만들었다. 위층은 화실이고 아래층은 클래식 다방이어서 미술과 음악의 애호가들이 모인다. 그곳은 특히 OCS 출신 해군장교들에게 딱 맞는 피신처가 되었다. 지성과 낭만에 목마른 젊은 장교들은 짙은 커피 향기와 베토벤, 차이코프스키 음악을 동시에 즐길 수 있어 좋았다.

흑백은 진해의 품격을 높여주었고 청년장교들의 갈증을 풀어주었다. 소장된 수천 장의 명품 음반과 최신 '마이어' 앰프스피커는 그들의 요구에 무한정으로 응답을 했다. 나름 지성파임을 과시하는 젊은이들이 여기에 와서 마치 서울 명동에나 온 것처럼 기지개를 켜며 잠시 전진(戰塵)을 씻을 수 있었다.

한편으로는 손님인 청년장교들이 흑백의 가치를 높여주는 면도 있었다. 그들과 더불어 진해의 다양한 사람들이 한데 어울리며 일종의 문화 융합 현상을 만들어낼 수 있었다.

흑백은 음악과 미술과 문학이 펼쳐지는 무대가 되었다. 틈틈이 음악을 타고 자작시를 낭송하는 '시와 음악의 밤'이 열리기도 했다.

흑백이란 공간에서 많은 이들의 만남과 교류가 이루어지는 중에 간혹 서울 청년과 진해 처녀의 애틋한 사연도 피어오르곤 했다. 그렇게 해서 맺어지는 케이스는 소문이 되고 전설이 되어 두고두고 세인의 입에 오르내렸다.

진해를 거쳐 간 OCS 장교들에게 흑백은 영원한 추억의 명소로 일생에 남을 터였다. 4인방이 벌이는 거사도 대부분 퇴근 직후에 일단 그곳 흑백에 모여 커피를 한 잔 마시는 것으로부터 출발하곤 했다.

누군가 말했다. 진해에는 500개 술집이 있다고. 인구 10만에 500개라면 가히 세계제일의 밀도라고 할 만했다. 대로변이건 골목 안이건 있을 만한 곳엔 다 존재했다.

술집은 여러 종류가 있다. 위치와 실내장식과 술값에 따라 손님의 종류가 다르고, 그에 따라 술집의 분위기와 스타일도 달랐다.

무엇보다 손님 곁에서 술을 따르는 여자가 달랐다. 통상 아가씨라고 불리는 그들은 각자의 특성에 따라 대우도 다르다. 진해에서 먼 곳에서 온 아가씨일수록 환영을 받는 편이었다. 대구 아가씨가 예쁘다고 소문이 나 있었다. 서울 아가씨는 좀처럼 보기 어려웠다.

같은 해군이라도 찾는 술집이 달랐다. 수병들은 값싸고 편한 곳으로 몰리는 반면, 장교들은 좀 더 분위기 있는 곳을 원했다.

해군 당국에서 직영하는 장교 전용 클럽 '군항'이 있었다. 술을 면세가격으로 팔아서 경제적 가치가 대단한 클럽이다. 아무리 마셔도 술값이 얼마 되지 않으니 술 마시는 기분이 나지 않는다고 불평하는 주당도 있을 정도였다.

클럽 군항에서 일하는 사람들은 모두 해군 군무원으로서 정식 공무원 자격을 가졌다. 장교들과 춤을 추는 댄서들까지 그랬다. 장교들로부터 군사기밀이 밖으로 누설하는 것을 방지하기 위해 군항의 직원들은 모두 엄격한 신원조회를 거쳐 선발한다고 했다.

군항의 댄서들은 단순히 술만 따라주는 아가씨가 아니었다. 그들은 각종 춤의 명수들이었다. 인터내셔널 젠틀맨이 되어야 하는 해군장교들의 춤 실력을 높여주는 것도 군무원인 댄서의 엄연한 공식적 임무에 속했다.

갓 대학을 졸업하고 젠틀맨 대열에 합류한 초급장교들은 군항 댄서로부터 춤의 기본부터 배우기에 바빴다. 블루스, 지르박, 맘보, 트롯, 왈츠, 그리고 탱고까지, 배워야 할 춤의 세계는 끝이 없는 것 같았다.

댄서들은 파릇파릇한 젊은 새싹인 초급장교를 좋아했다. 돈은 영관장교로부터 받고 사랑은 초급장교와 나눈다는 말이 떠돌았다. 서울 청년과 진해 처녀 사이의 애틋한 사연들 중에는 그곳 군항 댄서와의 사연도 한구석 들어 있게 마련이었다.

그즈음 가라오케가 술집의 새 풍토로 등장했다. 기계에서 나오는 반주에 맞춰 마이크로 노래를 부르는 것이다. 70년대 초반 일본에서 처음 생긴 것이 한반도로 상륙했다. 전국의 술집마다 가라오케 기계가 설치되었고 진해에도 파도는 이내 퍼져왔다. 술집을 찾는 해군이나 술집에서 해군을 맞는 아가씨나 모두 마이크를 잡고 최신 유행곡을 마음껏 불렀다.

남자들은 〈나 어떡해〉를 많이 부르고, 여자들은 〈아직도 그대는 내 사랑〉을 많이 불렀다. 샌드페블스의 〈나 어떡해〉가 나오기 한 해 전인 1976년, 그러니까 OCS 65차가 임관하던 그해에, 이은하가 부른 〈아직도 그대는 내 사랑〉이 전국을 휩쓸었다. 아직 얼굴에 여드름이 가시지 않은 10대의 신인 여자가수에게서 어떻게 그런 애절한 노래가 나올 수 있는지 모두가 감탄했다.

아직도 그대는 내 사랑

수많은 세월이 흘러도 사랑은 영원한 것

아직도 그대는 내 사랑

희미한 기억 속에서도 그리움은 남는 것

나는 너를 사랑하네, 아직도 너 하나만을

나는 너를 기다리네, 아직도 잊지를 못하고

언제 언제까지

아직도 그대는 내 사랑

수많은 세월이 흘러도 사랑은 영원한 것

〈나 어떡해〉가 후방에 애인을 두고 온 해군의 안타까운 심정을 대변했다면, 〈아직도 그대는 내 사랑〉은 한 남자를 잊지 못하고 고이 가슴에 간직한 아가씨의 간절한 마음을 잘 표현해주었다. 그들 역시 한 사람의 여자였다. 비록 뒷골목 술집에서 남자들과 술을 마시고 있지만, 각자 속에 품은 사랑의 꿈은 따로 있었던 것이다.

잔잔한 블루스 곡조에 따라 애절하게 읊조리는 이은하의 허스키한 목소리는 술집 아가씨들의 쓰디쓴 가슴속을 파고들었다. 세상에서 호스테스라고 불리던 그 아가씨들도 사랑이 있고 사랑을 원했다. OCS 청년장교라면 그 대상으로 더할 나위가 없었다.

4인방이 자주 들르는 술집은 '귀항선'과 '군항'이었다. 귀항선은 함대 입구 정문을 나오다 보면 마주치는 첫 네거리에 위치해 있었다. 항해를 마치고 배에서 내린 이들이 몰려들어 항상 북새통을 이루었다. 지리상 이점이 있고 값도 저렴해서 장교나 수병을 막론하고 즐겨 찾는 술집이었다.

질펀하게 늘어놓고 노는 것을 좋아하는 현송은 귀항선 편이었고, 제대한 후 외교관으로 나갈 것에 대비하여 사교춤을 마스터해야 할 입장인 규형은 군항 편이었다. 현이나 호범은 어느 쪽이

든 상관없다는 태도였으므로, 그날의 술집 결정권은 적극적으로 주장을 밀고 나가는 성격인 현송에게 맡겨지는 적이 많았다.

"야, 양현송. 너 오늘 또 그 빨강머리 생각이 나서 그리로 가자는 거냐? 난 나를 좋아하는 군항 아가씨한테 가서 춤을 배워야 하는데. 이제 트롯 춤 다 떼고 맘보 춤 배우기로 했단 말이야. 술만 퍼마시면 뭐하나? 해군에 있는 동안 뭐라도 하나 확실히 배워가야 할 것 아닌가?"

어느 날 현송이 목표를 귀항선으로 잡자, 규형이 불만을 털어놓았다. 규형은 입대 직전 결혼한 아내를 서울에 남겨두고 혼자 진해에 와 있었다. 그래서 여자보다는 춤이 필요했다. 장차 외교관으로 실무에 나섰을 때, 춤을 잘 춰야 외국 외교관과 친해지고 외국 외교관과 친해야 외교관으로 출세를 할 수 있지 않느냐는 것이 그의 지론이었다.

귀항선에는 현송을 기다려 주는 아가씨가 있었다. 본명보다는 '빨강머리'라는 애칭으로 더 잘 통하는 아가씨. 머리를 빨갛게 물들인, 키가 훤칠하고 성격이 활달한, 대구 출신 미인이었다. 대구에 미인이 많다는 소문이 진해 주점가뿐만 아니라 전국에 널리 퍼져 있는 시절이었다.

빨강머리는 손님들에게 인기가 있었으나, 현송이 그녀 앞에 나타난 후로는 모든 구애를 사절하고 오직 현송에게만 기울었다. "우리 양 중위님, 양 중위님" 하면서 오매불망이었다. 후방에 남겨둔 애인이 없는 현송도 빨강머리의 순정을 마다하지 않고 받아주었다.

"오는 여자 받아주고 가는 여자 보내주자." 그 시절 양현송 중위가 진해에 남긴 명언이었다. 그 말 속에는 여자의 자유의사와 선택권을 보장해주는 휴머니즘이 깃들어 있다는 것이 현송의 억지스러운 주장이었다. 확실한 아가씨 팬(fan)을 보유하고 있는 현송은 다른 동기생들의 부러움과 시샘을 동시에 샀다.

"양 중위, 넌 배도 배 같지 않은 똥배인 오일러를 탄 놈이 무슨 여자를 밝힐 자격이 있다고 설치고 다니는 거냐? 그 배는 함포도 달리지 않은 배 아니냐?"

한국함대의 기함인 최신 구축함 DD91 충무함을 탄 경력을 지상의 영광으로 여기는 규형이, 기름 나르는 배를 탔던 현송을 야코죽일 때 매양 쓰는 말이었다.

"함포는 우리 배에도 있다. 20밀리는 함포 아니냐?" 현송이 항변을 했다.

"하하! 20밀리는 기관총이지 함포가 아니다. 난 5인치 쌍연장포가 세 개나 달린 구축함을 타신 몸이야. 오일러하고는 차원이 다르지. 함정과라 해서 어디 다 같은 줄 알아?"

이 대목에서만은 현송도 규형에게 꼼짝 못 했다. 함정과 출신에게는 자기가 탔던 배가 항상 든든한 '빽'이 되는 판이었다.

규형이 질투어린 불평을 하건 말건 현송이 목표를 귀항선으로
정하면 하는 수 없었다. 럭비 국가대표 출신인 호범은 춤과는 거
리가 멀고 우직하게 술만 퍼마시는 스타일이니 귀항선행이 반
갑다. 현은 군항의 댄서인 미스 김이 야릇한 눈치를 보이며 더
자주 와달라고 매달리는 상황에 처해 있었지만 그에 응할 마음
은 별로 없는 편이어서, 이런 경우 굳이 규형의 편을 들고 싶지
는 않았다.

"야! 그러지 말고 너희들도 한 사람씩 골라봐라. 빨강머리 친
구들 중 괜찮은 아가씨 많잖아?"

현송이 귀항선에 갈 때마다 미안해하며 권유하곤 했지만, 나
머지 세 장교는 술집에서 연애까지 벌일 심사는 가지고 있지 않
았다.

그건 다음과 같은 이유에서였다.

규형에게는 서울에 신혼인 아내가 시퍼렇게 존재했다. 아무리
대인관계가 원숙한 그이지만 아직 신혼 초에 바람까지 피우고
다닐 수는 없는 노릇이었다. 아내로부터 날마다 서울에서 확인
전화가 왔고 한 달에 한 번꼴로 진해에 감시방문까지 곁들이니
도무지 틈이 허락되지 않았다.

호범은 소위 시절부터 BOQ에서 살지 않고 시내 민가에서 하

숙을 하고 있었는데, 그 하숙집의 외동딸과 가까이 지내다가 둘 사이가 어느덧 진지한 관계로 접어드는 참이었다. 그는 키 185센티, 체중 90킬로로, 겉으로는 우락부락한 운동선수이지만 속은 순박하기만 한 청년이었다. 사실 그런 순진함 덕분에 4인 방 가입심사에서 통과될 수 있었다. 4인방이 술집을 전전하자면 든든한 보디가드가 필요하다는 이유가 덧붙여지기도 했지만.

호범은 다른 세 사람과는 약간 이질적인 면이 있었다. 고려대 럭비 특기입학생으로 지성파보다는 행동파에 속했다. 남아일언 중천금을 금과옥조로 삼는 남자 중의 남자였다. 대부분의 OCS 장교들이 의무복무 기간인 3년을 복무하고 전역하기로 되어 있는 것과 달리, 호범은 애초에 해군사관학교 생도 럭비팀 코치를 맡아 5년 복무를 하는 것으로 해군 당국과 계약이 되어 있었다. 그는 소위 중위를 거쳐 임관 3년 후에는 대위로 진급하기 때문에 동기생들은 그를 미리 '신 대위'라고 호칭해주었다.

당시 해군, 육군, 공군 3군의 사관학교 생도들 간에 열리는 '3군 사관학교 체육대회'는 장안의 화젯거리에 속했다. 매년 가을에 열리는 그 대회는, 매년 봄에 연세대와 고려대 사이에 열리는 '고연전'에 비견되기도 했다. 3사체육대회에는 해·육·공 3군의 명예가 걸려 있어서 각 군간 경쟁이 치열했다. 종목은 축구와 럭비 두 종목.

해군 당국은, 대학 1학년 때 최연소 럭비 국가대표로 선발된 경력이 있고 고연전의 스타로 군림하곤 했던 신호범 선수를 일찌감치 럭비 코치로 점지하고 장학금을 지급하며 잡아두었다. 호범의 임무는 딱 하나, 10월에 열리는 대회에서 육사, 공사를 물리치고 우승하는 것뿐이었다.

임관 첫해에 열린 작년대회에서는 육사에 져서 준우승에 머물렀기 때문에, 올해만은 반드시 육사, 공사를 꺾고 우승을 차지해야 한다. 호범은 10월이 다가올수록 그 걱정 때문에 잠을 설쳐댔다.

이렇게 규형과 호범 각자에게 존재하는 사정과는 또 다른 특별한 사정이 현에게는 존재했다. 바로 그린하우스의 그녀였다.

임관 직후 진해를 떠나 묵호로 배를 타러 떠나가던 그때에, 현은 그녀에게 반드시 돌아오겠다는 약속을 했었다. 그녀는 우리 약속 같은 것은 하지 말자고 했지만, 현은 그녀 곁으로 돌아오마고 했던 그 말이 분명한 약속이었다고 여겼다. 그렇기에 진해로 돌아왔고, 돌아와서는 일단 그녀에게 속한 남자가 되어보기로 했다.

현은 그린하우스를 자주 찾았다. 그녀는 항상 현을 따뜻하게 그리고 정성스럽게 맞아주었다. 규형도, 호범도, 현송까지도, 간혹 현을 따라 그린하우스에 가면 다른 술집에서와는 달리 부쩍 예의를 차리는 젠틀맨이 되었다. 그곳엔 다른 어느 술집에도 없는 고급 와인이 있고, 가끔 미국 해군장교를 상대로 영어로 대화할 수도 있고, 무엇보다 그녀의 쇼팽 즉흥연주가 있기 때문이었다.

10. 목련의 연인

하얀 목련이 필 때면 다시 생각나는 사람
봄비 내린 거리마다 슬픈 그대 뒷모습
하얀 눈이 내리던 날 우리 따스한 기억들
언제까지 내 사랑이어라

거리엔 다정한 연인들 혼자서 걷는 외로운 나
아름다운 사랑 얘기를 잊을 수 있을까
그대 떠난 봄처럼 다시 목련은 피어나고
아픈 가슴 빈자리엔 하얀 목련이 진다

– 〈하얀 목련〉, 양희은, 1983

“하얀 목련의 꽃말은 이루지 못할 사랑이래요.”

“그 아름다운 꽃의 꽃말이 왜 그렇게 슬픈 거지?”

“원래 아름다움은 슬픔에서 나오잖아요? 대신 슬픈 운명에는 다행스럽게도 아름다운 추억이 남겨지지요.”

“추억이 보상이라도 된단 말인가? 난 그런 보상만으로는 만족할 수 없을 것 같은데. 아름다운 결실을 맺어야 아름다운 사랑이라 할 수 있지 않을까?”

“사랑의 끝이 아름답게 장식되는 경우가 얼마나 될까요? 추억이라도 아름답게 남겨지면 만족해야죠.”

“주는 예술가라서 그런지 감상적인 데가 많은 것 같아.”

“새장 속에 갇힌 새가 운명을 자각하고 스스로 경계선을 펼치는 거겠지요.”

“젊은 사람이 아직 인생을 살아보지도 않고 미리 운명을 얘기하다니. 우린 허무주의 운명론자 쇼펜하우어를 벗어나 운명개척론자 니체를 닮아야 하는 것 아닌가?”

“그건 옥스브리지 박사님이 되실 현 같은 분에게나 어울리는 거겠죠. 그런 거창한 얘기보다는, 하얀 목련의 꽃말이 나오게 된 이런 얘기나 좀 들어보세요.

옛날에 공주가 있었어요. 공주는 북쪽에 사는 바다의 신을 사랑했어요. 아버지 몰래 궁전을 빠져나와 그리로 갔어요. 그런데 천신만고 끝에 도착해 보니 그 바다의 신에게는 이미 아내가 있었어요. 실망한 공주는 바다에 몸을 던져 죽어버렸어요."

"저런!"

"바다의 신은 공주를 가엾게 여겨 양지바른 곳에 묻어주었어요. 그 무덤에서 피어난 꽃이 바로 하얀 목련이래요. 사랑을 이루지 못한 공주의 미련 때문에 목련 꽃봉오리는 항상 북쪽 하늘로 고개를 돌리고 있대요. 모든 목련꽃이 다 그렇다고 하네요."

"슬프고도 아름다운 얘기로군. 희랍 신화에 나오는 얘기인가? 호머의 오디세이아에도 그런 얘기는 없던데?"

"중국 전설이래요."

"중국이라고? 동양에도 꽃말에 얽힌 그런 로맨틱한 전설이 있었네."

"바다의 신을 사랑하다가 죽어서 목련꽃이 되다니, 꼭 내 얘기 같지 않아요? 난 아직 사랑 단계까지 간 것은 아니지만, 그리고 죽은 것도 아니지만, 어쩌면 이 전설은 내게 다가올 미래를 예고하고 있는지도 몰라."

"또 그런 감상주의 얘기를 하는군. 주에게는 절대 해당되지 않은 얘기를."

"그럴까요? 나하고는 상관없는 얘기일까요? 현이 그렇게 말하니까 나도 믿고 싶네요."

"하얀색은 아름다우면서 슬픈 사연을 상징하는 색인가? 그 순결함에 대한 운명의 질투일까? 남보다 아름다우면 시샘을 받게 되지.

중국 전설이라고 하니 그 나라에서 전해 내려오는 또 하나 슬프고도 아름다운 전설이 생각나네. 송나라 때부터 전해오는 백사전(白蛇傳)이란 전설이야. 듣고 싶어요?"

"들려줘요. 아름다운 전설이라니까."

"들어봐요. 소정이란 아름다운 여인이 있었는데, 그는 사실은 천 년을 묵은 하얀 뱀 백사가 인간세상에서 살고 싶어 내려온 존재야. 소정이 천하의 절경으로 유명한 항저우 지방의 서호(西湖) 호숫가를 거닐다가 갑자기 소나기를 만나지. 서호에는 단교라는 다리가 있는데 그 다리 옆 버드나무 아래에서 비를 피하지. 그곳에서 마침 함께 비를 피하던 선비 허선을 만나지. 둘은 서로 첫눈에 반해 사랑에 빠져."

"첫눈에 사랑에 빠진다고요? 얼마나 맘에 들면 그렇게 될까? 나라면 절대 그렇게 되진 않을 것 같은데."

"소정과 허선, 둘은 부부가 되어 함께 살게 되지. 그런데 근처에 있는 절인 금산사의 스님 법해가 소정이 천 년 묵은 백사라는 사실을 알게 되지. 소정은 법해 스님에게 사랑을 끝까지 이루게끔 눈감아 달라 간청했지만, 법해는 이를 들어주지 않고 소정에게 싸움을 걸지. 허선의 아이를 임신 중이었던 소정은 제대로 싸우지 못하고 잡혀서 법해의 쇠 바리에 갇히게 되지. 소정은 쇠 바리에 갇힌 채 뇌봉탑 밑에 봉인이 되어버리지. 소정을 가두어 둔 뇌봉탑이라는 탑은 지금도 서호를 내려다보는 언덕 위에 수백 년간 그대로 서 있다네. 그런 얘기야."

"소정이 불쌍해요. 이루어질 수 없는 사랑을 한 죄일까요? 아내가 있는 바다의 신을 사랑한 공주나, 뱀으로서 감히 인간을 사랑한 소정이나, 벌을 받고 말았네요. 그래서 무덤가 꽃이 되고, 언덕 위 탑 밑에 봉인되고 말았네요. 애초에 서로 만나지를 않았어야 했을 텐데."

"우리의 첫 만남은 언제였다고 해야 할까? 내가 해군 훈련을 받던 중에 첫 상륙을 나왔던 때였지? 한낮에 주 혼자 지키고 있는 그린하우스에 우연히 들어섰을 그때 말이야. 참! 그 전에 우리 사관후보생들이 훈련 중에 영외구보로 진해 거리에 나가던 날에 주가 길가에 서서 우리한테 박수까지 쳐줬다고 그랬지? 그때 혹시 우리가 서로 얼굴을 마주쳤을까?"

"아, 난 그때 길가에 서서 당신들에게 박수를 쳐준 게 맞아요. 진심으로 그렇게 해주고 싶었어요. 그때는 내가 이모님을 돕기 위해 서울에서 학교를 그만두고 이곳 진해로 온 지 2년이 되었을 때였어요. 진해에서 난 무척 외로움을 타고 있었어요. 어떤 무력감 같은 것에 빠져 있기도 했고요.

매년 봄이 되면 외지에서 찾아드는 사람들이 있었지요. 이곳 사람이 아닌 그들은 모두 아름다운 젊음을 간직한 사람들이었지요. 난 그들을 지켜봤어요. 그들은 군복을 입고 부대 안에서 살지만, 결코 새장 속에 갇힌 새는 아니었어요. 언젠가 훌쩍 날아가 오를 무한한 공간을 가진 사람들이었죠. 그들에게는 미래가 있으니까요.

난 그들하고는 뭔가 얘기를 나눌 수 있을 것 같았어요. 어쩌면 그런 순간을 기다려왔는지도 몰라요. 이제 고백하자면, 그날 현이 나 혼자 있는 곳을 갑자기 찾아왔을 때 난 가슴이 멎는 줄 알았어요. 왜 그랬는지 몰라도 뭔가가 선뜻 다가온 것 같은 느낌이 들었어요. 전부터 느껴왔던 예감이라고 할까."

"그때 사관후보생대에 입대해서 한창 훈련을 받을 때의 나야말로 새장 속에 갇힌 새에 불과했는데? 지금도 새장 속에 있긴 마찬가지야. 조금 더 큰 새장으로 옮기기는 했지만."

"현이 지나가다가 내 피아노 소리에 끌려서 왔다는 말을 들었을 때, 난 그처럼 내가 피아노를 배웠다는 사실을 다행스럽게 여긴 적이 없었어요. 음악을 들을 줄 아는 당신에게 살짝 감탄하기도 했고요."

"그건 대학시절 내 낭만파 친구였던 어떤 사람 덕분이었어. 그 친구와 함께 명동 입구 훈목 다방에서 수없이 청해 듣던 음악이었거든. 주가 하필 그 순간에 그곳에서 그 곡을 치고 있었던 거야. 기가 막힌 우연이지.”

“내가 그때 쇼팽을 치고 있었던 것은 우연이 아니에요. 혼자 있을 때 늘 치는 쇼팽이거든요. 현이 그 곡을 듣고 걸음을 멈춘 것도 우연이 아니라고 믿고 싶어요. 현 당신도 나처럼 쇼팽을 좋아하고 있었던 거죠. 우린 바로 그날이 아니라도 언젠가는 그렇게 마주쳤을지도 몰라요.”

“그땐 주의 얼굴보다 주의 손이 먼저 눈에 들어왔었지. 그 여위고 기다란 손가락이. 영락없이 내가 그리던 피아니스트의 손가락이었어. 주의 손가락이, 그리고 머리칼이 그처럼 기다랗지 않았다면 난 안으로 들어서지 않았을 거야.”

“나도 현을 처음 보았을 때, 내가 한번 만나보고 싶어 하던 사람이 아니었다면 당신을 안으로 청하지 않았을 거예요.”

“그렇다면 결코 우연만은 아니었군. 우리가 여기까지 온 것은.”

“사람들은 어떤 것에 별 의미를 두고 싶지 않을 때 그것을 우연으로 치부해버리는 거 아닐까요?”

“주가 내 임관식에 와준 것에 난 무척 놀랐어. 고맙기도 했고. 사실 기대는 잔뜩 했지만 정말 올 것인지는 확신할 수 없었지. 난 그날 임관식 광장에 주가 흰 원피스를 입고 하얀 장미 꽃다발을 들고 나타났던 모습을 잊지 못해. 내 젊은 날 추억의 한 페이지에 영원히 붙박이게 될 장면이야.”

“현이 그날 하얀 해군정복을 입고 서 있는 모습이 퍽 아름다웠어요. 아니, 눈부셨어요. 마치 화사한 한 그루 목련 같았죠. 해군은 목련꽃이에요. 이루지 못할 사랑이라는 꽃말을 닮아 섣불리 다가설 수 없는 꽃이긴 하지만."

"내가 목련이라면, 그럼 주는 목련의 연인인가? 목련 자체보다는 목련의 연인이란 명칭이 뭔가 더 가슴에 와 닿지 않아? 목련 곁에서 목련을 더욱 화려하게 만들어주는 존재가 목련의 연인 아닐까?"

"목련의 연인이라고요? 이 김은주가 당신 이승현의 연인이라고?"

"그래. 연인이 아니면 무엇이란 말인가? 우린 연인 사이가 되면 안 되나?"

"목련의 연인이라는 아름다운 말을 듣는다는 것은 영광스럽지만, 한편 두렵기도 하네요. 이루지 못할 사랑이라는 꽃말이 불길해서일까?"

"매사를 너무 비관적으로만 생각하지 말아요. 내가 백마 타고 온 왕자님처럼 그대를 어디론가 훌쩍 모셔갈 수도 있으니까."

"믿기 어려운 그 말을---, 믿어도 될까요?"

그녀는 살며시 고개를 가로 저으면서도 미소를 지어 보였다.

늦은 밤 그린하우스에 'close' 팻말을 창문 바깥쪽으로 내건 후, 나란히 앉아 끝도 없는 얘기를 나누는 중이었다. 피아노 건반을 어루만지는 고아한 손가락 못지않게 그녀의 얼굴 역시 고아해 보였다.

현은 불현듯 충동을 느껴 그녀 쪽으로 얼굴을 가져갔다. 그녀는 눈을 감았지만 고개를 돌리지 않았다. 두 입술이 마주쳤다, 스치듯이 아주 살짝. 현의 생애 첫 키스였다. 그녀 역시 첫 번째였을 거라고 현은 몸으로 느낄 수 있었다.

OCS 젊은 청년들 곁으로 연인들이 꽃처럼 피어났고 또 꽃처럼 사라져갔다. 젊음의 절정기에 있는 그들에게 연인은 필수적 존재였다. 연인은 처음으로 생기기도 하고, 바뀌기도 하고, 그대로 끝까지 유지되기도 했다.

그들의 복무기간 3년 4개월은 후방에 남겨진 연인들이 마음을 바꿔 떠나가기에 충분한 시간이었다. 70년대에 여자는 대체로 20대 초반에 결혼을 했다. 오래 기다리지 못할 연인을 붙잡아두자면 근무지로 데려와 살림을 차리는 것이 바람직했지만, 군인이 살림을 차린다는 것은 쉬운 일이 아니었다. 그래서 많이들 떠나갔다. 더구나 동갑내기 대학 클래스메이트 연인이라면 필경 군 복무 중에 연인의 자리를 포기하는 수가 많았다.

떠나간 연인을 대신하는 역할을 할 여자는 많았다. 후방에 따로 남겨둔 연인이 없는 사람에게 처음 사랑을 가르쳐줄 여자도 많았다. 그러나 그들 앞에 새로 나타나는 여자들이 과연 그들의 진정한 연인이 될 수 있을지는 미지수였다.

젊음의 향연은 화려하지만 찰나적인 속성을 가진다. 고향을 떠나 여행길에서 벌이는 향연은 특히 그랬다. 목련의 연인은 어떻게 보면 슬픈 전설을 항상 예감해야 하는 가련한 연인들이었다. 목련꽃은 어느 봄날 갑자기 피어났다가 그 달을 채우지 못하고 훌쩍 사라져버리는 계절의 사자(使者)였기 때문이다.

현송의 향연은 디오니소스적인 향연이었다. 스스로 디오니소스의 제자인 사티로스라고 자칭했다. 디오니소스는 그리스 신화에서 제우스의 아들인 술의 신이다. 디오니소스를 숭배하는 사티로스는 상반신은 사람이고 하반신은 염소이며 꼬리는 말인 요정으로, 아름다운 님프를 따라다니며 야성적인 충동에 탐닉한다.

현송이 술에 취해 말했다.

"인생은 니체의 말대로 비극이다. 규형, 너 같은 고시파는 도무지 비극 자체를 모른다. 승현, 너 같이 일류대학 나오고 옥스브리지를 지향하는 인간은 오직 아폴론적인 연극밖에 모른다. 호범, 너 같은 럭비 국가대표 출신은 아예 니체를 논하지도 말아라.

니체의 진정한 제자인 이 몸 사티로스가 벌이는 디오니소스 축제에 진정한 비극의 본질이 있다. 자, 그리스 비극정신을 일깨운 최초의 20세기형 인간 니체를 추모하는 건배를 들자고."

현송의 외침에 따라 나머지 셋은 얼떨결에 건배를 했다. 아마 각자의 연인들을 생각하며 외치는 건배였을 것이다.

20세기 중반 한국의 젊은이들 중에는 니체 숭배자가 많았다. 그들은 니체가 쓴 『비극의 탄생』을 읽고, 그 내용의 일부를 엉뚱하게도 술을 폭음하는 명분으로 삼기도 했다. 이성을 따르는 아폴론보다는 야성을 따르는 디오니소스를 우위에 놓고 니체의 힘의 철학을 추종하고자 했다. 전쟁을 겪고 독재의 바퀴 밑에 깔린 채 지내온 이 나라의 분위기는 아폴론보다는 디오니소스였다. 칸트보다는 니체였던 것이다.

건배를 외치는 현송 곁에 바짝 붙어 있는 '빨강머리'는 사티로스 곁의 님프 같았다. 뭇 해군의 젊은이들을 뇌쇄시키는 요염함을 과시하는 여자였지만 그는 온통 현송의 차지였다. 양현송 중위와 귀항선 빨강머리의 로맨스 소문은 진해 주점가에 널리 퍼져갔다. 빨강머리는 술집 아가씨들의 부러움을 샀다. 그러나 빨강머리가 장차 양 중위를 따라 서울까지 올라갈 수 있을 거라고 믿는 사람은 거의 없는 것이 사실이었다.

그들 중에서 가장 진지한 향연을 이어간 사람은 호범이었다. 현송이 현에게 적용했던 아폴론적인 향연은 기실 현 자신의 것이 아니라 호범의 것이라는 느낌이 들었다. 물론 호범과 그 연인이 벌이는 향연이 품고 있는 취향을 예술적 철학적으로 아폴론에 비견하기는 좀 미흡할 거라는 생각도 들긴 했지만.

호범과 그의 연인은 거리에서 스스럼없이 팔짱을 끼고 다녔다. 흑백다방에도 자주 함께 모습을 보였다. 호범의 연인은 진해 처녀들의 부러움을 샀다. 그들은 나중에 서울까지 함께 올라가는 흔하지 않은 케이스가 될 것으로 점치는 사람들이 많아졌다. 제발 그렇게 되기를 모두 기원해주는 마음이었다.

규형의 아내는 마침내 규형을 따라 진해로 이사를 왔다. 그와 동시에 규형의 '군항' 출입은 중지되었다. 춤 배우기보다는 아내 돌보기에 무게를 더 줄 수밖에 없었기 때문이다. 규형 부부는 1년이 좀 못 되게 남은 기간 동안 진해에서 본격적인 신혼살림을 차릴 수 있게 되었다.

마침 그즈음 해군의 방침에 따라 장교 전용클럽 군항이 아예 폐쇄되는 사태가 벌어졌다. 해군부인회의 압력에 의한 조치였다는 소문이 자자했다. 해군의 아내들은 평소 군항이란 존재에 대해 의구심을 품고 있었던 게다. 군항 자체보다는 군항의 아가씨들에 대한 의구심이었을 것이다. 군항의 폐쇄는 군항을 아껴왔던 해군장교들의 안타까움을 자아냈다.

4인방의 술 마시기는 명맥이 끊이지는 않았지만, 호범과 규형에게 좀 더 신경을 써줘야 할 사람들이 생김에 따라, 네 사람이 전부 모이는 거사는 전보다 훨씬 횟수가 줄어들 수밖에 없었다.

그에 따라 현송은 귀항선에, 현은 그린하우스에 각자 동료 없이 혼자서 찾아가는 일이 잦아졌다.

현이 배에서 내려 진해로 온 지 1년 남짓 지났을 때, PCE53 한산함의 갑판사관으로 있던 정한선 중위가 진해 한국함대 소속 경비정 정장으로 부임해왔다. 묵호의 1함대 시절 현에게 잘 대해줬던 정한선 중위이기에, 현은 진해 부임을 축하하는 술을 사기 위해 그를 그린하우스로 초대했다.

그린하우스에서 현과 정 중위는 그녀의 피아노 연주를 들으며 술을 마셨다. 정 중위는 그 색다른 분위기에 매료되었다. 그는 유난히 그녀에게 관심을 가지는 기색이었다. 그녀는 자주 말을 걸어오는 정 중위에게 성의를 다해 응답해주었다.

해군사관학교 연대장생도를 지낸 정한선 중위는, 현과는 또 다른 면으로 경상도 사나이의 매력을 갖춘 당당한 청년장교였다.

11. 쇼팽

이 곡은 세계 연주할 곡이 아니다.

낭만, 고요함, 우수를 살려야 하는 곡이다.

마음속에 천 가지 소중한 추억을 불러일으키는 어떤 곳을 조용히 바라보고 있다는 느낌을 주어야 한다.

맑게 갠 봄밤에 달빛을 받으며 명상하는 분위기의 곡이다.

그래서 관현악 반주 부분은 일부러 소리를 약하게 내도록 한 것이다.

— 쇼팽, 바르샤바에서 친구 티투스에게 보낸 편지, 1830. 5. 15.

자네 쇼팽을 좋아하나?

200년 전 지구 반대편에 있는 땅에서 태어나 불꽃같은 인생을 살다가 마흔 살이 채 되기 전에 돌아간 사람. 가정도 없고 재산도 없이, 오직 피아노 악보와 함께 명성만 뒤에 남긴 사람.

시간과 공간이 우리와는 사뭇 엇갈려 있지만, 여태 우리 곁에 살아서 함께 숨 쉬고 있는 사람. 세상에 전설을 남긴 얼마 안 되는 사람들 중의 하나였지.

아무 관계도 없고 한 번 만나본 적은 더구나 없는 사람이, 때로는 숱한 다른 사람들의 삶에 중요한 모티브가 되곤 했다는 사실을 어떻게 이해해야 할까?

내가 쇼팽을 알게 된 것은 나 자신의 선택에 의한 것이 아니었다네. 대학시절 낭만파 친구 동선에 의해 클래식 다방 훈목에 끌려가서 쇼팽을 처음 접하게 되었지.

그 다음 저 먼 남쪽지방 유배지에서 마주친 한 여인에 의해 구원처럼 쇼팽의 폭포수를 받게 되었지.

그 후 나는 내내 쇼팽의 가든 안을 거닐며 살았다네. 그것은 축복이었어. 맞아, 축복이었다고 확실히 말할 수 있어.

그렇지만 아픈 추억을 대신 남겼지. 아팠지만 아름다웠고, 아름다웠기 때문에 여전히 축복이었다고 말할 수 있는 것이겠지.

영국 시인 엘리엇은, 추억이 잠들어 있는 마른 뿌리를 봄비로 일깨우는 4월이야말로 가장 잔인한 달이라고 하지 않았나? 꼭 그 말처럼, 아름다운 쇼팽의 〈녹턴〉을 들을 때마다 나의 슬픔은 유령처럼 살아나 슬며시 내 곁에 다가와 앉아 있다네.

달콤한 슬픔이라고나 할까? 그래, 쇼팽 음악의 본질은 달콤한 슬픔일세. 그의 인생이, 그의 사상이, 그의 사랑이 그랬으니까.

난 쇼팽을 알았기 때문에 그녀를 만나게 되었고, 그녀를 만났기 때문에 쇼팽을 알게 되었다고 말할 수 있을 거야. 사실 난 그녀를 만나기 전까지는 음악에 대해 아는 것이 거의 없었다고 해도 좋을 정도였다네. 듣는 귀는 있어도 이해하는 머리가 없었다고 하는 말이 이 경우 적절할지도 몰라. 장조와 단조를 구별하지도 못했으니까.

그녀가 피아노를 연주하는 것을 지켜보면서, 그녀와 음악 얘기를 나누면서, 나의 음악에 대한 지식과 애정은 차츰 키워졌다네. 내 삶 내내 음악을 가까이하고 만끽해온 것이 더할 나위 없는 행복이었다면, 그것은 오로지 그녀를 만난 운명에 감사해야 할 일이지. 내가 아는 쇼팽도 전부가 그녀로부터 전해 들은 것뿐이라네.

"현, 난 죽으면 마요르카에 묻히고 싶어. 아니, 죽기 전에 그곳에 가서 죽음을 기다리고 싶어."

"마요르카? 거기가 어딘데?"

"나도 몰라. 그냥 지중해 어딘가에 있는 섬이라는데."

"지중해 섬이라면 오디세우스가 들렀던 섬일 수도 있어. 오디세우스는 고향으로 돌아가려고 10년간 온 지중해를 떠돌았잖아."

"바보! 그런 전설을 얘기하는 게 아니라 현실을 얘기하는 거란 말예요. 난 진짜 그곳에 가서 살고 싶다고요."

"왜 하필 그곳을?"

"쇼팽이 연인과 함께 도망가서 살았던 섬이에요. 누구의 간섭도 받지 않고 행복하게 살았던 섬. 그 두 사람이 살았던 곳에 가보고 싶어. 무척 아름다운 섬이라는데."

"두 사람이 그곳에서 몇 년이나 살았는데?"

"석 달을 조금 넘긴 97일."

"애걔! 겨우 97일?"

"행복의 시간은 길고 짧은 건 상관없어. 분명 쇼팽이 가장 행복했던 시간이었을 거야. 그곳에서 아름다운 곡도 많이 만들었어. 행복하니까 음악이 나오는 거야. 나중에 자기 장례식에서 연주된 곡도 거기서 만들어졌어. 쇼팽 자신은 그 곡이 그런 곳에서 연주될 줄은 몰랐겠지만."

"마요르카라고! 쇼팽이 연인과 도망을 갈 만큼 좋은 곳인가? 그렇다면 나도 가보고 싶어지는걸? 언젠가 우리도 함께 가볼 날이 있겠지. 주는 쇼팽의 추억을 찾아서, 난 오디세우스의 영혼을 찾아서."

"현, 날 그곳에 데려다줘요. 단 며칠이라도."

물론 우리에게 그런 날은 오지 않았다네.

쇼팽은 슬픔을 가슴에 안고 살았어. 그의 음악을 들어보면 느낄 수 있지. 그래서 쇼팽은 소리를 크게 해서 들으면 안 돼. 그리고 가급적 늦은 밤이나 이른 새벽에 듣는 게 좋다네.

쇼팽에게 슬픔의 근원은 아마 사랑 때문이었을 거야. 쇼팽같이 몸과 마음이 여린 사람에게는 사랑이 절실히 필요했어. 그러나 그에게는 사랑을 이룰 운명이 허락되지 않았지.

쇼팽에겐 평생에 두 연인이 있었다네. '마리아 보진스키'와 '조르주 상드'.

마리아는 쇼팽에게 첫사랑이었지. 쇼팽은 마리아에게 청혼까지 했어. 마리아는 승낙했으나 마리아의 가족이 반대하여 이루어지지 못했지. 쇼팽이 가진 것이 없고 병약하다는 이유로.

그는 첫사랑 마리아가 보내온 편지와 선물을 모아둔 꾸러미를 평생 간직하고 다녔어. 그 꾸러미를 리본으로 묶고 리본 위에 '모야 비에다(Moja bieda)'라고 써놓았다네. 폴란드어로 나의 슬픔이란 뜻이야. 마리아는 쇼팽에게 평생의 슬픔이었지.

쇼팽의 진정한 연인이라면 역시 상드를 꼽아야 할 거야. 마리아가 꿈속의 연인이었다면 상드는 현실세계의 연인이었지.

상드는 부유한 귀족의 후손이며 유명한 작가였어. 상드는 살롱에서 즉흥연주를 하는 쇼팽을 보고 걷잡을 수 없이 그에게 빠져들었지. 쇼팽은 상드의 모성애 같은 사랑에 의지하게 되었고.

이미 파리 사교계에서 유명인사들이 되어 있었던 두 사람은 세인의 감시를 피해 사랑의 도피여행을 떠났다네. 그들은 따로따로 파리를 떠나 멀리 스페인 국경도시에서 만났어. 그리고 도피의 목적지를 지중해의 남쪽 섬 마요르카로 잡았다네. 쇼팽이 애지중지하던 플레옐 피아노도 그들과 함께했지.

마요르카에 한 번이라도 가본 사람은 왜 두 사람이 그곳을 선택했는지, 그리고 그들이 그곳에서 잠시나마 얼마나 행복감을 느꼈을지 이해하게 될 거라고 믿네. 지상에서 가장 아름다운 섬이라고 단언할 수 있을 테니까. 마요르카에서 쇼팽과 상드의 영혼은 합쳐졌어. 그들은 정식 결혼은 하지 않았지만 부부 이상의 값을 지닌 연인으로 살았다네. 상드는 쇼팽의 연인이자 보호자였지. 상드의 도움이 없었다면 쇼팽은 도저히 험한 세파를 헤쳐나가지 못했을 거야.

두 사람이 한창 서로 사랑을 하던 시절, 상드는 친구에게 보내는 편지에서 쇼팽을 이렇게 표현하기도 했다네.

"쇼팽과 나의 맑은 하늘에는 지금까지 구름 한 점 없었고, 우리 둘의 호수엔 티끌 하나 없었어. 이 세상엔 사람으로 변장한 천사들도 있지 않나 싶어."

상드는 쇼팽을 '사람으로 변장한 천사'로 보았던 거야. 상드는 천사 쇼팽을 돌보는 뮤즈였어.

그들의 연인관계는 9년간 계속되었으나, 결국 영원하지는 못했고 헤어지는 날이 오고야 말았지. 인간 세상에 영원한 것은 없나보지. 영원할 줄로 알았던 것이 영원하지 못한 것으로 끝났을 때, 그 고통을 이겨낼 사람은 결코 많지 않을 거야. 연인 상드와 헤어진 지 2년 만에 쇼팽은 세상과도 헤어졌네.

쇼팽이 남긴 유품 가운데 겉에 G. F.라고 쓴 봉투가 있었어. G는 조르주 상드(Geroge Sand), F는 프리데리크 쇼팽(Fryderyk Chopin)의 이니셜이지.

그 봉투 안에는 상드의 머리카락 한 묶음이 들어 있었다네. 쇼팽은 죽을 때까지 상드를 잊지 못한 거야.

마리아의 편지 꾸러미 리본에 써 놓은 'Moja bieda', 그리고 상드의 머리카락 묶음 봉투에 써 놓은 G. F. 그 진물이 돋아나는 문자를 통해 쇼팽의 슬픔은 지금 우리에게까지 전해지고 있네.

이루지 못한 사랑을 잊지 못하고 가슴에 간직한 사람의 슬픔을 자네는 이해하겠나?

내가 쇼팽을 처음 접한 것은 자네도 알다시피 〈작품번호 66번 즉흥환상곡〉을 통해서였네. 그 곡으로 인해 그녀를 처음 만나게 되었다는 것도 자네는 이미 알고 있지. 그 드라마틱한 선율을 듣는 사람이라면 누구든 심금을 울리기 마련이겠지만, 특히 내겐 그런 그녀와의 사연이 있는 곡이기 때문에 더욱 잊을 수가 없다네.

그러나 쇼팽의 진면목은 역시 〈녹턴〉에 있다고 보네. 깊은 밤 누군가를 생각하면서 고요히 짚어나가는 야상곡이야말로 쇼팽다운, 쇼팽이 아니면 나올 수 없는 보석 같은 음악이 아니겠나?

스물한 곡의 〈녹턴〉 중에서 사람들이 가장 좋아하는 곡은 〈작품 9의 2, 녹턴 2번〉이라고들 하지. 절절한 애상으로 가득 찬, 초창기 쇼팽의 특징이 뚜렷한 곡일세. 내가 그린하우스에서 그녀의 연주를 즐겨 듣던 때만 해도 〈녹턴 2번〉을 우선적으로 청했지. 물론 지금도 그 곡을 좋아하네.

그러나 이제 나는 〈작품 48의 1, 녹턴 13번〉을 더 좋아한다네. 언제부터인지 그쪽으로 경도하기 시작했어. 거기엔, 단순히 애상에 잠기기보다는 기저에 버티는 힘 같은 것이 깔려 있어. 그래서 이 곡을 '힘 있는 슬픔'의 곡이라고 표현하기도 하지.

여자들의 슬픔은 애잔한 슬픔으로 그쳐도 그만이겠지만, 남자들의 슬픔은 뭘까, 영웅이 느끼는 슬픔 같은 것이 깃들어 있어야 하지 않을까? 영웅이 되기는 어렵지만, 영웅의 기상은 가슴속에 간직해야 하는 것이 우리 남자들의 숙명 아니겠나? 우린 그래서 해군에 들어왔고 군함을 탔던 것 아니었나? 우린 어떤 여인의 연인이기에 앞서 조국의 부름에 응한 해군장교가 아니었던가 말일세.

세월이 흐르고 나니 그 젊은 날의 높았던 기개가 그리워지는군. 그 그리움으로 해서 다시 슬퍼지기 시작하네만.

6분 15초를 묵직하게 견디어가는 〈녹턴 13번 C단조 작품 48의 1〉은, 쇼팽의 39세 일생 중에서 후반을 훌쩍 넘긴 때인 31세에, 프랑스 남부 노앙에 있는 상드 가문의 여름별장에서 작곡한 곡이라네. 쇼팽은 평생 폐결핵을 앓으며 살았고 30대 중반 이후에는 거의 작곡을 하지 못했기에, 이미 그때는 그로서는 말년에 접근하는 시기라고 볼 수 있지. 그래서 그의 파란만장한 인생이 농축된 그런 녹턴이 나온 것이겠지.

물론 쇼팽 특유의 슬픈 애상은 변함이 없지만, 멀리서 먹구름이 몰려오는 것을 예감하는 비장함이 깃들여 있어. 결코 영원한 연인은 되지 못할 상드와의 이별, 그리고 그에게 영광과 고통을 함께 선사한 인생과의 이별을 벌써 예감하기 시작하는 거지. 그런 쇼팽의 심정을 공감하는 나는 이 곡을 가장 아껴 듣는 편이라네.

쇼팽은 세상과 헤어지기 두 해 전에 주요 작품으로는 마지막 곡인 〈첼로와 피아노를 위한 소나타 작품 65〉를 작곡했어. 2년 후 숨을 거두는 자리에서, 쇼팽은 옆에 와 있는 친구 첼리스트 프랑숌에게 이 곡을 연주해달라고 부탁했지. 그러나 처음 몇 마디만 겨우 듣다가 숨을 멈추고 말았네.

2주일 후 파리 마들렌 성당에서 거행된 장례식의 서두에서는, 쇼팽 자신이 작곡한 〈장송행진곡〉과 모차르트의 〈레퀴엠〉이 차례로 연주되었어. 모차르트 〈레퀴엠〉 연주는 쇼팽의 유언에 따른 것이었는데, 쇼팽은 그 유언 이외에 또 다른 두 가지 소원을 유언으로 남겼다네.

하나는 자기 옆에 폴란드가 함께 있어야 한다는 것이었고, 또 하나는 폴란드에 자기가 함께 있어야 한다는 것이었지. 두 가지 소원을 이루어주기 위해서, 쇼팽의 관 속에 폴란드 흙을 담은 상자를 넣어주고, 쇼팽의 심장을 병 속에 담아가서 폴란드 바르샤바 성십자가교회에 묻었다네.

봉헌 미사 중에는, 쇼팽이 연인 상드와 함께 마요르카에서 살던 시절에 작곡된 〈전주곡(Prelude)〉 24곡 중 두 곡이 오르간으로 연주되었어. 그 사연 많은 음악들을 뒤로 하고 쇼팽은 페르 라셰즈 묘지에 묻혔다네.

쇼팽의 몸은 파리와 바르샤바에 나뉘어 묻혔지만, 그의 혼은 마요르카에 심어져 있는 것이 아닐까 생각해본다네. 결코 길지 않은 시간이었지만, 연인과 단둘이 사람들로부터 멀리 도피해 가서 지냈던 마요르카야말로 가장 잊을 수 없는 추억의 장소가 아니었을까?

그녀, 주는 그런 쇼팽의 추억을 탐내어 마요르카에 가보고 싶어 했고, 또 죽으면 그곳에 묻히고 싶다고까지 했던 것 아니겠나?

어느 날 그녀가 갑자기 내게 음악회 초대권을 내밀었네. 궁금해 하는 나에게 그녀가 말했네.

"부산시향 순회연주회가 진해극장에서 열려요. 거기에 내가 출연해요. 쇼팽의 〈피아노협주곡 1번〉을 협연하기로 했죠. 진해시에서 부산시향에 날 추천했대요. 공개모집에 지원서를 내긴 했지만 별 기대를 안 했는데, 아마 이 도시에서 그 곡을 연주할 사람이 나밖에 없었나 보죠?"

놀라는 내 표정 앞에서 그녀는 자못 의기양양해 보였다네. 초대권과 함께 건네준 팸플릿 전면에 그녀의 사진이 당당하게 올려져 있었어.

"정말? 주가 교향악단과 쇼팽 협주곡을 협연하기로 했단 말이지? 대단하군. 축하해."

난 정말 기뻤어. 겉으로 보면 내가 그녀보다 훨씬 더 들뜬 모습이었을 거야. 오히려 그녀는 평온을 유지하고 있었다네.

"내 일생 최고의 기회예요. 독주회는 해봤어도 이렇게 공식적으로 오케스트라와 협연하는 것은 처음이거든요. 더구나 전통이 있는 부산시향이라니!"

"기대할게. 멋진 연주를. 그리고 주는 그동안 중단했던 피아니스트의 길을 지금부터 다시 시작해나가는 거야."

난 항상 그녀가 피아니스트의 길을 계속해가기를 진심으로 바라고 있었어. 그녀는 진해로 오기 전까지 서울에서 음악대학을 다니고 있었다네. 중학교 때부터 피아노 콩쿠르에 나가 여러 번 상을 탄 경력이 있다고 했네.

그러던 그녀는, 그녀의 뒷바라지를 해온 이모가 진해에 그린하우스를 차리자 이모를 돕기 위해 스스로 휴학을 하고 따라왔던 것이라네. 언젠가는 대학으로 돌아가기를 희망했었지. 그녀의 피아노 실력은 상당히 높은 수준임에 틀림없었다네.

그녀가 그 곡에 대해 설명해주었네.

"〈피아노협주곡 1번〉, 이 곡은 쇼팽이 아직 폴란드를 떠나기 전 열아홉 살 때, 음악학교 동급생인 여자가수 콘스탄챠를 마음속으로 짝사랑하면서 쓴 곡이라지요?

지금의 나보다 네 살이나 어릴 때 어떻게 이런 곡을 작곡할 수가 있지? 난 제대로 연주하기도 힘든데.

쇼팽은 이 곡을 세게 연주하지 말라고 주문했어. 맑게 갠 봄날 밤에 달빛을 받으며 명상에 잠기듯이 연주하라고 했어. 첫사랑에게 순정을 바치는 기분으로."

그녀의 말에 의하면, 5년마다 쇼팽의 고향인 폴란드 바르샤바에서 열리는 쇼팽콩쿠르는 그야말로 세계 최고의 피아노 콩쿠르인데, 〈피아노협주곡 1번〉은 그 쇼팽콩쿠르 결선무대의 지정곡이라고 했네.

그녀는 자기도 쇼팽콩쿠르에 나가보고 싶다고 한 적이 있었어. 결코 피아니스트의 꿈을 포기한 것은 아니었지.

"3년 전인 1975년 제9회 대회에선 폴란드의 18세 된 치머만이 1등을 했어요. 역대 최연소였죠. 지금 나보다 다섯 살이나 어린 소년이었는데……."

"주의 스물세 살 나이도 아직 충분한 나이야. 주의 재능은 틀림없이 꽃피어날 때가 올 거야. 난 확신해."

"정말 그럴까요? 내게도 그런 날이 올까요?"

그녀의 두 눈이 초롱초롱 빛나는 것을 느꼈네.

그녀는 정말 혼신의 힘을 다해 연주를 준비했지. 난 열중하는 그녀의 눈빛을 사랑하지 않을 수 없었어. 아니, 존경하지 않을 수 없었다네.

드디어 연주회 날이 왔네. 시내 한가운데에 있는, 진해에서는 가장 큰 진해극장에서였지. 교향악단 풀 멤버의 연주회는 진해에서 처음 있는 일이어서, 모여든 인파로 객석은 입추의 여지가 없었네. 내가 아는 해군장교들도 거의 다 왔다고 보면 되겠지. 연주를 할 그녀보다 오히려 지켜보는 내가 더 마음을 졸이는 것 같았네.

무대 위로 나서기 전에 그녀는 내 귀에 속삭였어.

"현, 이 연주를 당신에게 바칠게요. 특히 제2악장 〈로만체〉는 당신을 향한 나의 마음이에요. 잘 간직해주세요."

아! 그 말을 듣는 순간 나는 벅차오르는 가슴을 가누기가 어려 웠다네. 그녀가 그녀 일생 최고의 연주를 오로지 나에게 바친다 는 것이었으니.

그녀의 연주는 한 치의 흔들림도 없이 진행되었네. 연주가 계 속되는 40분간 나는 꿈속을 헤매는 기분이었어. 나는 지구를 벗 어나 중력이 없는 광활한 우주 속을 둥둥 떠돌고 있었지. 이윽고 연주가 사람들이 '로만체'라고 부르는 2악장으로 접어들자, 나는 거의 황홀경에 빠져들었네.

그녀가 무대 위에서 흘려보내는 감미롭기 이를 데 없는 음률 의 달빛은 그녀가 예고했듯이 온전히 나만을 향해 내리쏘이고 있었어. 쇼팽은 바로 그런 순간을 위해 로만체의 달빛을 빚어냈 던 것이 아니겠나?

나도 몰래 눈에 흥건히 고이는 눈물 때문에 무대 위의 그녀가 흐릿하게 잘 보이지도 않았지. 긴 세월이 지난 지금도 그 로만체를 들으면 마치 그때의 그녀가 바로 옆에 와 있는 기분이라네.

생각해보면 그때가 그녀와 내가 누린 최상의 시간이 아니었나 싶다네.

12. 이별연습

카테리니(Katerini)행 기차는 8시에 떠나네
11월은 내게 영원히 기억 속에 남으리
내 기억 속에 남으리

카테리니행 기차는 영원히 내게 남으리
함께 나눈 시간들은 밀물처럼 멀어지고
이제는 밤이 되어도 당신은 오지 못하리
당신은 오지 못하리
비밀을 품은 당신은 영원히 오지 못하리

기차는 멀리 떠나고 당신 역에 홀로 남았네
가슴속에 이 아픔을 남긴 채 앉아만 있네
남긴 채 앉아만 있네
가슴속에 이 아픔을 남긴 채 앉아만 있네

　　　– 〈기차는 8시에 떠나네〉, 미키스 테오도라키스(Mikis Theodorakis)

복무만기 기한 3년이 다가오자 OCS 장교들의 마음은 다급해졌다. 그들은 이제 다시 민간인 사회로 돌아갈 준비를 해야 했다. 해군에서 완전히 새로운 인생을 시작했었다. 처음에 그 시간은 끝나지 않을 듯싶었다. 그러나 국방부 시계는 계속 돌아간다. 바라든 바라지 않든 그때는 꼭 오고야 만다.

지금은 사정이 바뀌어, 그들이 되돌아가야 할 그곳이 새로운 세상이 되었다. 군 생활에 익숙해져서 사회로 나가기가 귀찮거나 두려웠을지도 모른다. 그래도 그들은 떨치고 나설 여장을 차려야 했다. 삶의 종착지에 다다를 때까지 오디세우스의 항해는 계속되어야 하는 것이다.

맨 먼저 규형이 서울로 올라가 버렸다. 전역을 2개월 앞두고 해군본부로 전출을 해갔다. 그가 모시던 영감님인 함대사령관이 부관인 규형에게 서울에 가서 복직준비를 하라고 특전을 베푼 덕분이었다. 그 2개월은 제대휴가나 마찬가지였다. 남쪽 끝 군사도시에서 신혼살림을 했던 규형의 아내를 위해서도 큰 선물이었다. 여자들은 그곳을 떠나는 데 조금의 미련도 있을 리 없었다. 그렇게 규형은 진해와 이별을 했다.

현송도 취직자리를 알아보기 위해 자주 서울행 열차에 몸을 실었다. 70년대 말 당시 청년들 사이에는 재벌그룹인 현대, 삼성, 대우의 인기가 높았다. 그 3개 그룹은 유능한 인재를 확보하기 위해 치열한 경쟁을 벌였다.

학벌 좋고 리더십을 갖춘 해군 해병 OCS 장교 출신은 영입 1순위로 꼽혔다. 기업들은 진해까지 와서 전역 예정자들을 상대로 취업설명회를 열었다. 장교 복무 경력을 인정해서 입사 후에 당장 대리 자리를 주겠다고 하면서 유인했다.

재벌로서는 후발주자인 대우가 한창 떠오르는 존재였다. 서울역 건너편에 대한민국에서 가장 규모가 큰 사옥인 23층짜리 대우빌딩을 지어놓고, 그 앞을 지나가는 사람들의 시선과 마음을 훔쳤다. 급격히 팽창하는 그 그룹은 야심 많은 OCS를 끌어들이는 매력을 가지고 있었다. 그래서 안정적인 그룹인 삼성이나 현대보다 오히려 대우를 점찍고 있는 이들이 많았다. 현송 역시 그쪽으로 기우는 것 같았다.

현송의 귀항선행이 점차 빈도가 줄어들자 빨강머리의 표정은 슬퍼져갔다. 근 2년간 충실한 연인으로 지냈으나 이제 멀지 않은 이별을 예감하는 듯했다. 빨강머리는 술에 취하면 진한 경상도 사투리로 말했다.

"난 양 중위 업스믄 몬 산다. 낼 두고 가믄 발병 난데이. 양 중위님요, 갈래믄 차라리 내를 쥑이고 가이소."

그 옛날 고려가요 「가시리」가 어떻게 탄생했는지 짐작케 하는 그녀의 탄식이었다.

같은 귀항선 소속 아가씨들에게 선망의 대상이었던 빨강머리가 어느새 측은한 눈길의 대상이 되었다. 현송에게 너무 정을 준 것이 죄라면 죄였다. "손님한테 정 주지 말라"는 금언이 아가씨들 가운데 떠도는 이유가 거기 있었다. 그러나 그런 슬픔이 현송의 발길을 멈추게 할 수는 없었다. 빨강머리는 진정 현송의 연인이었던가?

호범은 5년 장기복무를 신청하고 임관했기에 2년 더 진해에 체류해야 했다. 호범은 지난 3년간 3사체육대회 럭비종목에서 해사를 딱 한 번밖에 우승시키지 못했다. 국가대표 출신 코치로서는 만족스럽지 않은 결과였기에 나머지 2년은 연승을 거두고야 말겠다는 의지를 다지고 있었다.

호범의 연인은 호범이 계속 곁에 머물러 있어서 행복해 했다. 이제 곧 호범이 대위로 진급하게 되면, 둘은 결혼을 해서 진해에 살림을 차릴지도 모른다. 대위가 되면 봉급이 많이 오르고 장기복무 수당도 지급되기 때문에 장교들은 대개 이때에 결혼을 한다. 변함없는 세월을 맞이할 호범은 이별 같은 것을 염두에 둘 필요가 없었다.

현은 본래 자기의 길을 찾기로 했다. 현이 법과대학으로 간 것은 어떻게 보면 자신이 선택한 길이 아니라고 할 수도 있었다.

"현은 고시를 볼 것도 아니면서 왜 법대로 갔어요?"

언젠가 그녀가 물은 적이 있었다.

"순전히 최인호 탓이야."

"최인호? 요즘 인기 있는 소설가 최인호 씨 말이에요?"

"최인호가 몇 년만 더 빨리 나왔으면 난 굳이 법대로 가지 않았을 거야."

"그게 무슨 말?"

"난 원래 소설가가 되려고 했어. 고등학교 때까지 학교에서 문예부장을 하면서 문학에의 꿈을 키웠어. 주가 음악콩쿠르에서 그랬던 것처럼 각종 문예행사에 나가서 상을 타오곤 했었지. 나의 재능을 인정해주는 선생님들도 다 그 길을 권유했어. 그런데 우리나라에선 소설가가 되면 돈도 못 벌고 출세도 못 하고 어렵게 살기 일쑤였지."

"소설가란 그런 건가?"

"천재라고들 했던 작가 이상, 현진건, 김동인을 봐. 거의가 끝이 안 좋은 인생을 살았지. 왜들 다 그렇게 폐병이 들어 일찍 갔는지 몰라. 자기만족을 위해 살았지만 사회적으로는 인정을 받지 못하는 삶, 난 그렇게 살긴 싫었어. 그래서 법대를 선택한 거야.

바로 얼마 전 노벨문학상을 탄 칠레의 시인 네루다를 봐. 그는 열렬한 민주투사이고 정치가이며 외교관이면서도 문학을 병행할 수 있었잖아? 난 네루다의 삶을 부러워했어. 나도 일단 법대로 가서 사회에 진출을 한 다음에 문학을 하려고 했지. 그렇게 할 수 있을 것 같았어.

그런데 법대에 들어와 보니 사정이 여의치 않더군. 삭막한 법률조문의 세계에서 문학의 자유로운 정신이 호흡할 공간은 퍽이나 좁다는 것을 깨닫게 되었어.

그 후 문학은 내내 천장 선반 위에 얹혀 있었지. 아직도 그 꿈을 영 포기한 것은 아니지만."

"그런데 최인호 탓은 왜 하는 건데?"

"최인호는 글을 써서 자기 집을 사고 자가용차까지 산 최초의 사람이야. 소설가도 돈을 벌고 대우 받을 수 있다는 것을 보여준 거지. 그의 소설은 과거와 달랐어. 그 주제나 스타일이 시대에 맞아떨어져서 대중으로부터 열렬한 환영을 받았어. 그때부터 우리나라에 소위 인기작가라는 개념이 생겨났다. 그는 소설을 써서 스타의 자리에 올랐어. 1973년에 조선일보에 『별들의 고향』을 연재해서 영화까지 만들어졌고, 〈그건 너〉라는 유행가 가사를 써서 크게 히트시키기도 했지.

최인호 등장 이후에 우리나라에 소설가 지망생들이 대폭 늘어났어. 난 최인호가 우리 문학에 크게 공헌한 인물이라고 봐. 그 최인호 같은 사람이 내가 대학을 선택하기 전에 등장했다면 난 굳이 법대에 가지 않았을지도 몰라.

그래서 내가 법대에 가게 된 이유가 최인호 탓이라고 말했던 거야. 그가 너무 늦게 등장했다는 뜻이지. 사실 엉뚱한 핑계를 대는 것이긴 하지만."

"그럼 현은 네루다처럼 정치가나 외교관이 되어야 하겠네?"

"난 우선 이 좁은 한반도 밖으로 나가서 넓은 세계를 구경하고 싶어. 그들이 어떤 생각을 하면서 어떻게 살고 있는지 직접 보고 배우고 싶어."

"그래, 현은 그렇게 해야 해. 얼마든지 그렇게 할 수 있을 거야. 내 생각 같은 것은 하지 말고 밖으로 나가서 그 꿈을 이루도록 하세요."

현이 눈을 빛내며 미래에 대한 청사진을 늘어놓는 것을 들으면서 그녀는 들릴 듯 말 듯 작은 한숨을 내쉬었다. 마치 저만치 밀려오는 석양의 그림자를 바라보는 것 같은 표정으로.

현은 외국으로 유학을 가고 싶었다. 사법고시니, 행정고시니, 외무고시니 하는 속 좁은 고시 만능주의를 벗어나 서구 선진국의 첨단 문물을 접하고 신선한 공기를 호흡하고 싶었다. 소위 '한국적 민주주의'라는 미명하에 숨막히는 군사독재가 횡행하고 있는 나라에서, 언필칭 법치주의의 원칙을 구현한다는 법과대학은 별 의미가 없는 존재였다. 그야말로 양두구육(羊頭狗肉)격이었다.

현은 전역을 하면 속히 나라 밖으로 나설 계획을 짜기 시작했다. 미국과 영국을 놓고 저울질을 했다. 미국은 1차, 2차 세계대전의 화마(火魔)를 피해 전 세계의 사람들을 끌어들이고 돈을 벌어들여, 그 결과로 첨단학문의 금자탑을 세우고 있었다. 유럽은 전쟁에 몰입하다가 제풀에 주저앉아 버린 후, 이제 신흥국 미국과 소련 사이에서 눈치를 보며 옛 영광을 되찾으려고 벽돌을 새로 쌓아올리는 참이었다.

그러나 현은 강물의 하류보다는 원류를 탐사하고 싶었다. 실용주의자(pragmatist)보다는 고전주의자(classicist) 쪽이 좋았다. 다양함보다는 깊이를 원했다.

자연히 현의 낙점은 미국의 아이비리그(Ivy League)가 아닌 영국의 옥스브리지(Oxbridge)였다. 옥스브리지 중에서 옥스퍼드(Oxford)냐 케임브리지(Cambridge)냐는 미국이냐 영국이냐보다 더 오래 망설인 문제였으나, 현은 결국 케임브리지를 택했다.

"왜 하필 케임브리지예요? 난 잘은 모르지만 옥스퍼드가 더 유명한 학교 아닌가?"

그녀는 궁금한 것이 많았다. 아이비리그니 옥스브리지니 하는 현의 얘기에 흥미를 가지고 계속 물어왔다.

"영국은 미국 다음으로 노벨상을 많이 받은 나라야. 독일보다

많지. 인구비례로 치면 세계제일이야. 영국에서도 가장 많이 받은 대학이 케임브리지야. 사실 케임브리지와 옥스퍼드의 우열을 가린다는 것은 우매한 짓이지. 내가 케임브리지를 선호하는 이유는 따로 있어. 남들이 들으면 하찮다고 여길지도 모르지만, 대학 바로 옆에 캠(Cam) 강이 흐르고 있다는 사실을 난 중요하게 여겨."

"학교 옆에 강이 흐른다고? 그게 무슨 의미가 있단 말이에요?"

그녀도 선뜻 이해하지 못하는 듯했다.

"내가 가장 좋아하는 소설이 헤르만 헤세의 『싯다르타』잖아? 거기에 뱃사공 바수데바가 나오지. 말이 뱃사공이지 사실은 수도자이자 철학자라 할 수 있는 인물이지. 그는 강물이 흐르는 소리에서 우주의 진리 '옴'의 소리를 듣는다고 했지.

난 바수데바를 닮고 싶어. 공부를 하려면 바수데바처럼 강가에서 강물의 소리를 들으며 해야 한다는 생각이 들었지. 지금까지 바다에서 배를 타며 남자의 기개를 키웠다면, 이제 강가에서 남자의 지성을 키울 때가 아니겠나?"

그녀는 현의 성격과 취향을 잘 파악하고 있었기에 고개를 끄덕이며 동조해주었다.

현은 케임브리지 유니버시티(Cambridge University) 안의 32개 칼리지 중에 킹스칼리지(King's College)를 골라서 입학원서를 보냈다. 캠 강이 그 학교 교정을 휘감고 흐른다고 했다. 강물을 바라보며 공부하기에는 그곳이 가장 나을 듯했다.

케임브리지는 학교의 명성에 어울리게 최고수준의 영어실력과 대학학점을 요구했다. 현은 법대에 다닐 때 고시를 외면하고 본래의 학과공부에 충실했기에 최상위권의 학점을 유지할 수 있었다. 언젠가는 외국유학을 갈 생각으로 영어와 독일어 공부를 열심히 해둔 덕분에 영국문화원이 시행하는 영어능력시험 IELTS 성적도 거의 만점이었다.

입학원서를 보낸 지 얼마 되지 않아서, 전역일자 전에, 드디어 킹스칼리지에서 입학허가서가 도착했다. 현의 전역일자는 7월말, 영국 대학의 가을 신학기는 10월로 예정되어 있었다.

새가 성장하여 둥지를 떠날 때 푸드득거리며 날갯짓을 연습하는 것처럼, 현은 모든 준비를 마쳐놓았다.

그러나 정작 어려운 문제가 남아 있었다. 그녀였다. 과연 현은 그녀와 이별을 할 준비가 되어 있는 것일까?

13. 비진도

애매함으로 둘러싸인 이 우주에서
이런 확실한 감정은 단 한 번만 오는 거요.
몇 번을 다시 살더라도
다시는 오지 않을 거요.

— 『매디슨카운티의 다리(The bridges of Madison County)』,

로버트 제임스 월러(Robert James Waller), 1992

자네에게 얘기를 하기 시작한 지 얼마 되지 않은 듯이 느껴지네만, 벌써 이별을 얘기할 때가 되었나? 기억에 남겨두고 싶은 숱한 순간들을 다 젖혀놓고 이제 이별 얘기로 들어가야 하나? 남은 얘기가 고작 그것밖에 없단 말인가?

세상에는 이별을 예감하는 만남이 있다네. 아니, 이별의 운명을 간직한 만남이라고 하는 것이 좋을지 몰라. 우리의 만남이 정녕 그런 것이었던가? 우리가 갔던 길이 운명이었는지 선택이었는지, 난 아직도 자신이 없다네.

자네 비진도를 아나? 남쪽 바다 한려수도에 있는 작은 섬이지. 아주 아름다운 섬이야. 보석같이 빛나는.

그 아름다움은 섬의 이름에서부터 나타나 있지. 진주에 비할 수 있다고 해서 비진도라고 한다네. 한려수도 5백 개 섬 중에서 가장 아름다운 섬이라는 말이 결코 과장이 아니야. 주민은 50여 가구에 100여 명이 사는 정도였어.

그 섬의 특징은 가운데 부분에 놓인 백사장이 바다를 양쪽으로 나누고 있다는 점이야. 비슷한 크기로 북쪽과 남쪽에 섬이 두 개 있는데, 그 두 섬이 좁고 기다란 백사장으로 연결되어 있지. 마치 성경에 나오는 모세의 기적과 같이 바다 위로 모랫길이 나 있는 모양일세.

그러나 모세의 길과는 달라서 바닷물이 백사장을 수면 밑으로 완전히 가라앉히는 일은 없다네. 그 백사장은 완벽한 육지임에 틀림이 없어. 같은 장소에 선 채로 동쪽 해변에선 일출을 바라보고, 서쪽 해변에선 일몰을 바라볼 수 있지. 그런 곳은 우리나라에서 유일한 곳임은 물론이고, 세계적으로도 보기 힘든 지형이라네.

우리가 무작정 발길을 돌린 곳이 그곳 비진도였네. 내 전역일을 얼마 앞두고 둘만의 여행을 떠난 것일세. 그런 먼 여행은 우리 사이에 처음 있는 일이었지.

우린 비진도에 닿기 전에 먼저 그녀의 고향 충무를 찾았었어. 충무는 지금 통영의 그 당시 이름이야. 1995년에 통영으로 바뀌기 전까지 충무라고 불렀다네.

그녀는 충무에서 태어나 그곳에서 중학교까지 다니고, 피아노 공부를 위해 고등학교부터 서울에서 다녔다고 했네. 그녀에겐 소녀 시절 충무에서 아롱진 추억들이 간직되어 있었지. 그녀는 그 추억의 잔영을 쫓아 가끔씩 충무 항구를 찾는다고 했네.

그녀와 내가 찾아와서 나란히 선 충무항 부두 앞에는 광활한 바다가 펼쳐져 있었어. 우린 바다 속으로 가고 싶어져서 눈앞에 있는 아무 연락선이나 올라타고 말았네. 그 작은 배가 파도를 헤치며 나아가다가 첫 번째로 멈춰 선 부두에서 우린 그냥 내렸어.

섬이 예뻐 보였고, 무엇보다 바다 가운데로 기다랗게 누운 흰 백 사장이 눈부셨기 때문이었지. 그 섬이 비진도였네.

그녀와 나는 어딘가 먼 곳으로 가서 둘만이 존재하고 싶었어. 주위에 아무도 없는 곳에서 할 수 있는 얘기를 다 하고 크게 소리도 질러보고 싶었지.

그러나 주위가 한없이 고요해지자, 우린 오히려 적막에 휩쓸려 아무 말도 못 하고 발아래 성근 파도 소리만 경청할 뿐이었어. 아! 그럴 땐 품어둔 얘기를 낱낱이 고해야만 하는 것이었는데 왜 그리 입이 떨어지지 않았을까?

그녀 역시 쉽사리 운을 떼지 못하고 있었어. 기껏 꺼내는 얘기란 괜스레 하릴없이 던지는 편린들뿐.

"현은 이 다음에 결혼해서 아이 낳으면 이름을 뭐라고 지을 거예요?"

"글쎄, 뭐라고 해야 할까? 갑자기 그건 왜 묻는 거지?"

"현은 대학 다닐 때 '한글로 이름 짓기 모임'의 회원이었다고 했잖아요? 정말 아이 이름을 순한글로 지어줄 거야?"

"아, 그래. 국문학과 다니는 친구가 만든 한글로 이름 짓기 모임이라고 있었는데 그 친구 권유로 가입을 했지. 그때에 했던 회원맹세를 지키자면 그렇게 실천을 해야 하겠지?"

"생각해둔 이름이 있어요?"

"있어. 아들을 낳으면 한돌이라고 하고, 딸을 낳으면 하늘이라고 할까 해."

"홋홋! 하늘이란 이름은 예쁜데 한돌이란 이름은 좀 이상하지 않아요?"

"뭐가 이상해? 얼마나 좋은 이름인데. 독어로 말하자면 아인슈타인(Einstein) 아닌가. 상대성이론을 발견한 불세출의 과학자."

"그럼 아들 이름은 이한돌, 딸 이름은 이하늘이 되겠네? 꼭 그렇게 하는 거지? 회원맹세를 지키겠다고 약속하세요."

그녀는 내 앞에 새끼손가락을 내밀었네. 나도 새끼손가락을 내밀어 그녀의 것에 걸고 약속을 하지 않을 수 없었지. 그녀가 왜 나에게 그런 약속을 하자고 청했는지 그때는 이유를 알 수 없었지만, 그 약속은 그 후 내내 나에게 큰 울타리가 된 것이 사실이라네. 그녀에게도 그 약속이 마찬가지로 울타리가 되었을까? 그때는 아직 짐작하지 못했다네.

"현은 친구들과 맹세를 한 것이 또 한 가지 있다고 했지요? 아들 낳으면 해군 보내기로 했다는 거."

"그래. OCS 동기생들과 그렇게 맹세했었지. 반드시 지켜야만 할 맹세야."

그랬었네. 우리 OCS 65차 동기생들은 임관식 때 엄숙한 맹세를 했었지. 앞으로 아들을 낳는다면 OCS 해군 해병 장교로 입대시키기로 말일세. 적어도 그때만은 그 맹세를 하는 것을 거부한 동기생은 한 사람도 없었다네.

"현은 친구들과의 약속을 무척 잘 지키는 사람인가 봐. 그래요, 약속은 꼭 지켜야 해요."

이렇게 말하면서도, 그녀는 그 해군 동기생끼리의 맹세까지 지키는 약속을 하자고 내게 새끼손가락을 내밀지는 않았네.

이윽고 바닷가에 매직 아워(magic hour)가 시작되었네. 해가 수평선에 잠겨들어 사라질 즈음, 완전한 어둠이 세상을 감싸기 직전에 감도는 그 짙푸름!

자네 벨기에 출신 화가 얀 파브르(Jan Fabre)의 작품 〈블루의 시간〉을 본 적이 있나? 꽤나 커다란 프레임 안을 다른 아무런 형체는 없이 온통 짙푸른 색깔의 화면만이 가득 채우고 있는 그림. 앞에 서서 바라보는 사람의 시선은 물론이고 주위 온갖 사물마저 캔버스 안으로 흠뻑 빨아들이는 블루의 순수한 원형!

그 그림을 연상시키는 짙푸른 빛깔이 대기의 틈으로 서서히 강림해오지. 그 오묘한 자연의 시간을 난 매직 아워라고 부른다네. 그 푸름은 곧 남빛으로 변했다가 이내 검은 어둠의 장막에 휘감겨 흔적도 없이 사라져버리지. 따라서 그 블루의 시간은 찰나에 불과하지.

언제부턴가 난 매일같이 찾아오는 아주 짧은 그 시간을 기다린다네. 짧기 때문에 더 아름답고 소중한 것이 있지 않은가? 나는 비진도 바닷가의 그 매직 아워 속에서, 그녀와 그야말로 하나의 존재로 혼연일체가 되는 느낌을 받았어. 틀림없이 그녀도 그런 느낌이었을 거라고 확신하네.

그때 백사장 동쪽 바다 건너편으로 바라보이는 거제도의 산봉우리 위로 새 달이 머리를 내밀기 시작했네.

모든 것이 기막힌 자연의 연출이었지. 그날 밤 유난히 밝은 보름달이 휘영청 떠오르는 그 모습을 지금도 똑똑히 기억할 수 있어.

밤바다에 비치는 달빛이 얼마나 황홀한지는 모든 사람들이 다 알고 있겠지만, 밤에 바다를 가르며 항해해본 경험을 가진 우리 같은 사람들만큼은 모를 거야. 밤바다에 보름달은 축복이라네. 보름달이 뜬 밤에는 우린 특별히 더 먼 거리를 더 빠른 속도로 항해할 수 있었지.

바다는 속살을 훤히 드러내고 섬과 암초도 자기 자태를 완연히 과시하며 서 있지. 배를 몰아가는 우리 해군들에게는, 밤중이라 해도 하늘에 달과 별만 있어 준다면, 그 섬과 암초 사이로 항해하는 것이 그리 어려운 일이 아니었지. 얼마나 고마운 달빛이었던가.

인생은 먼 항해를 하는 것과 같다는 생각이 들어. 바람이 불고 파도가 치고 안개가 끼면 바다는 폭력을 쓰는 훼방꾼이 되어 항해는 어려워지지. 반면에 밝고 잔잔한 바다는 안온한 카펫이지. 우릴 세상 어디까지든지 데려다주는 안내자가 되지.

그러나 돛을 단 배를 타고 아무런 장비도 없이 하늘만 바라보며 항해를 했던 삼천 년 전 오디세우스는 오늘의 우리와는 비교할 수도 없이 더욱 더 험난한 항해를 했을 거야.

난 나의 인생을 오디세우스의 항해에 비견해서 돌아보곤 한다네. 사람의 삶은 삼천 년 전이나 지금이나 크게 다를 것 없다는 생각이네.

난 달빛 아래 바닷가에 앉아 그녀에게 오디세우스 얘기를 들려주었네. 아귀이에 섬에서 요정 칼립소와 나눈 사랑 얘기도 해주었지.

"폭풍을 만나 표류해온 오디세우스를 칼립소는 깊이 사랑했어. 오디세우스는 가족이 기다리는 고향 이타카로 가고 싶었지만 아름답고 착한 칼립소의 사랑을 뿌리치지 못했어. 그들은 7년 동안이나 함께 살았어.

그래도 바다로 다시 나서고 싶어 하는 오디세우스의 마음을 언제까지나 잡아둘 수는 없었지. 칼립소는 자기 곁에 머물러준다면 영원한 삶과 온갖 재물을 주겠다고 제의했으나 소용없었어.

신 중의 신 제우스마저 오디세우스를 그만 놓아주라고 명령을 하자 칼립소는 운명에 복종할 수밖에 없었지. 오디세우스는 칼립소의 도움을 받아 튼튼한 뗏목과 돛을 만들어 바다에 띄웠어.

떠나기 전날 밤 둘은 동굴 깊숙이 들어가서 마지막 사랑을 나눴어. 이별의 의식이었다고 할까. 다음 날 아침 칼립소는 순풍을 불러와 오디세우스의 항해를 축복해주었어.

그리고 밤하늘에 큰곰 별자리만 바라보며 가라고 당부를 하지. 자기가 그 별이 되어 사랑하는 이를 지켜주겠다는 뜻이었을 거야. 오디세우스는 그것을 믿고 항해를 계속해서 마침내 이타카에 돌아갈 수 있었지."

난 평소에 몇 번인가 그녀에게 오디세우스 얘기를 해주었고, 칼립소와의 사랑 얘기도 한 번쯤은 해준 적이 있었다네. 내 인생을 오디세우스에 비교하면서 나도 그처럼 용감하고 드라마틱하게 살고 싶다고 했었네. 그런 인생을 살기 위해 해군장교로 자원 입대한 것이라고 했네. 그녀는 그런 내 얘기를 성의를 다해 들어주곤 했다네.

그날 밤에 난 다시 한 번 오디세우스의 항해와 칼립소와의 사랑에 대해 얘기를 해준 것이었네. 내가 이제 막 오디세우스처럼 새 항해를 준비하고 있어서였을까? 칼립소를 떠나가야 하는 마당이기 때문이었을까?

난 결코 그런 의도로 얘기를 한 것은 아니었지만, 그녀는 달리 받아들일 수도 있었을 것일세.

그녀는 호! 하고 얕은 한숨을 내쉬면서 말했네.

"결국 오디세우스는 떠났군요. 칼립소도 어쩔 수 없었을 거예요. 그들이 함께한 7년이란 세월은 아무것도 아닌 게 되어버렸네요. 우린 얼마나 함께 있었던 건가요?"

"우리 만난 지는 3년이지만, 내가 배를 내려서 진해에서 주와 함께 있었던 시간은 2년밖에 안 되지. 그렇지만 나에겐 가장 길고 가장 소중한 시간이었어."

"단순한 시간의 경과가 무슨 의미를 줄 수 있을까요? 칼립소가 그렇게 줄 게 많았는데도 오디세우스는 뿌리치고 가버리잖아요. 그에 비하면 난 아무것도 줄 게 없어. 대체 나란 존재는 무슨 가치가 있는 존재일까?"

"칼립소처럼 큰곰 별자리 존재가 되어줄 수 있지 않을까? 주는 항상 내 곁에 있었잖아. 앞으로도 곁에 있어 주겠지."

"하늘과 바다 사이는 너무 멀어. 지켜보기만 하면 무슨 소용이 있겠어? 우리가 다시 만날 날이 오기나 할까?"

아! 순간 그녀의 목소리에서 울음기가 배어나오려는 것을 느꼈네. 난 황급히 그녀의 손을 움켜잡고 말했어.

"전에도 난 돌아온다는 약속을 지켰잖아? 배를 내리게 되면 진해에 주 곁으로 오겠다고 약속했고, 그 약속대로 했잖아? 난 공부를 마치고 돌아올 거야."

"나한테로 돌아온다고 약속하는 거예요?"

"약속할게."

난 조금의 틈도 없이 단호하게 대답했네. 맹세컨대 그 순간만은 진심 그대로였다네.

그녀는 자세를 바로하고 차분한 어조로 말했어.

"약속은 하지 마세요. 그저 하고 싶은 대로 하세요. 난 약속 같은 것에 의지해서 살긴 싫어요. 그런 삶은 너무 비참해요. 현은 흘러가는 강을 좋아하잖아요? 강물이 흘러가는 대로 놔두세요. 굽이굽이 흘러가다가 어느 고비에선가 우리 다시 만나게 될지도 모르죠."

난 그녀의 손가락을 어루만지며 말했어.

"주, 너의 희고 가느다랗고 긴 손가락을 사랑해. 무엇보다 건반 위에서 이 손가락을 움직이게 하는 너의 정신을 사랑해. 그리고 찰나 같은 순간 내 삶의 무대에 등장해준 너의 운명에 감사해. 그건 기적이었어. 기적을 무산시키는 건 죄악이야."

그녀는 쓸쓸한 표정으로 말했네.

"그렇게 말해주니 고마워요. 그렇지만 우리 사이는 하늘과 바다 사이만큼이나 멀기만 한걸? 가혹한 운명이에요. 애초에 기적을 연출해내려는 시도 자체가 죄악이 될지도 몰라."

아! 그녀는 또다시 그녀와 나 사이의 신분상의 차이를 끄집어내고 있었어. 그녀가 언뜻언뜻 그런 비슷한 얘기를 비칠 때마다 난 짐짓 역정을 내며 말을 막곤 했었지. 20세기 후반을 살면서, 가문이니 조상이니 하는 허구의 개념들이 조성해놓은 소위 신분이라는 것이 도대체 무슨 의미가 있으며 무슨 역할을 할 수 있다는 말인가라고.

그러나 그녀로서는 그렇게 말하는 나와는 입장이 다를 수밖에 없었는지도 모르지.

참, 자네에게 미처 말하지 못한 사실을 여기서 해줘야 하겠군. 그녀는 아버지를 모른다네. 소위 미혼모의 딸이었다네. 어머니는 그녀를 낳고 어디론가 사라졌다네. 아마 새 운명을 찾아 가버린 것일 테지. 그 시대에는 그런 삶들이 꽤나 존재했었지.

평생을 독신으로 산 언니가 동생을 대신해서 딸을 키웠다네. 아주 귀하고 곱게 키웠다네. 유년 때부터 피아노 레슨을 시켰고 서울의 예술고등학교를 거쳐 음악대학까지 보냈다네. 친딸보다 더 귀한 그 조카를 유명한 피아니스트로 키워내는 것이 꿈이었다네.

그녀에게는 그 이모님이 바로 어머니였지. 그녀는 이모님 때문에 어머니에 대한 갈증은 없었다고 했어. 그러나 운명의 흔적은 지울 수 없다고 그녀는 생각하는 것 같았네. 장막 뒤로 숨어 있는 운명의 끈은 때가 되면 불현듯 당겨져서 가려져 있던 무대 뒤를 드러내 보이기라도 한다는 말인가?

자네도 알다시피, 나의 환경은 그녀와 비교하자면 훨씬 더 유복한 것이었다고 볼 수밖에 없었지. 의사인 아버지는 하나밖에 없는 아들을 케임브리지로 유학 보내는 데 큰 부담을 느끼지 않앉어. 아들을 더 많이 공부시키고 더 높이 출세시키는 것이 그 부부의 꿈이었지. 의사의 아들과 미혼모의 딸이라는 서로 다른 환경의 계곡이 그녀와 나 사이에 가로놓여 있다는 것은 엄연한 현실이었어.

그녀와 나는 자신의 운명의 끈이 어디로 이어져 있는지 이미 숨김없이 서로 말해주어 알고 있었다네. 그렇지만 난 자신이 있었어. 돌아와서 그녀 앞에 다시 설 수 있다고.

그때 그 내 마음에 조금이라도 진실 아닌 것이 있었다고 말할 사람이 과연 있을까? 잔인한 품성의 소유자가 아니라면 말일세.

그러나 그녀의 믿음은 나만큼 되지 못한 것이 사실이었다네. 그러면서도 여전히 믿고 싶은 마음은 어쩔 수 없었겠지만.

"현, 당신이 얘기해준 오디세우스 전설에 나오는 칼립소처럼, 나도 당신이 탄 배에 부드럽고 따뜻한 순풍을 보내줄게요. 큰곰 별자리만 바라보고 지구 반대편까지 줄곧 가세요.

그렇지만 잊지 마세요. 당신의 고향 이타카는 케임브리지가 있는 영국 땅이 아니라 이곳 한반도 남쪽 바닷가라는 사실을. 난 하늘 위에 별이 되어 바다를 내려다보며 언젠가 당신이 뱃머리를 돌려 돌아오는 모습을 기다릴게요."

그녀는 내 가슴에 얼굴을 묻으며 내 품에 무너져내리듯 안겨 왔네.

오디세우스와 칼립소가 아귀이에 섬 해변에서 마지막 밤을 보냈던 동굴처럼, 비진도 해변 한쪽에 동그마니 초가지붕 어부의 집이 기다리고 있었어. 그녀와 나는 그 집으로 들어갔어.

보름달빛이 창호지 문을 투영해서 방안으로 한없이 빨려 들어와 그녀의 실루엣을 낱낱이 비추었어. 그 모습이 그녀의 얼굴보다 더 아름답다는 생각이 들었어.

언젠가 그린하우스에서 우리가 처음으로 서로의 입술을 가졌던 것처럼, 비진도 해변 어부의 집에서 우린 처음으로 서로의 영혼을 교환했어.

피아노 대신에 파도 소리가 있었어. 귓전에 파도는 밤새 내내 끊이지 않았어.

그 비진도의 밤을 난 영원히 잊지 못한다네.

14. 강변에서

"너는 할 수 있어 조나단.

너는 배웠으니까.

한 가지 공부가 끝나고,

또 다른 공부를 시작할 때가 온 거야."

"그래, 가겠어."

그가 마침내 말했다.

조나단 리빙스턴 시걸은 어두운 하늘 저편으로 완전히 사라졌다.

- 『갈매기의 꿈(Jonathan Livingston Seagull)』,

리처드 바크(Richard Bach), 1970

현은 세상 속으로 나아갔다. 첫 무대가 케임브리지였다. 처음 나서보는 외국무대였지만 그는 그 무엇도 두려워하지 않았다. 두려워할 이유가 없었다. 현에게는 두 개의 강력한 무기가 있었다. 하나는 영어능력이었고, 하나는 해군장교 경력이었다.

그들은 현의 영어를 높이 평가했다. 언어만 통하면 한국 유학생이 영국 어디에서든 누구에게도 뒤떨어질 이유가 없었다. 현은 쉽사리 영국식 영어에 익숙해져갔다. 미국식이 아닌 그 영국식 영어는 일생을 두고 현을 위해 큰 기여를 하게 된다. 같은 영어라도 격이 다른 것이다.

해군장교로 복무하며 군함을 탔다는 현의 경력은 영국인들에게 경이의 대상이었다. 영국은 해군의 나라이다. 해군으로 일어서고 해군으로 지켜진 나라이다. 영국에서 해군장교는 대체로 귀족가문 출신이었다. 영국왕실의 남자들은 대대로 해군에서 복무하는 것을 전통으로 삼는다. 그래서 영국해군을 그냥 해군(navy)이 아니라 왕립 해군(Royal Navy)이라고 부른다.

이런 나라에서는, 먼 동방의 나라에서 군함을 탔던 전투병과 해군장교 출신이 케임브리지에 유학을 왔다는 사실이 큰 화젯거리였다.

"현, 당신 정말 해군장교(navy officer)였어? 정말 군함을 타고 다녔어? 대포도 쏘아봤어?"

대부분 군 경험이 없고 총 한번 잡아본 적이 없는 그곳 영국 청년들은 호기심이 많았다. 현이 들려주는 바다 사나이의 경험 담은 그들을 매혹시켰다.

케임브리지 동료들은 현을 존중했다. 교수들도 여러모로 출중한 이 동양의 청년에게 특별한 관심을 보였다.

현은 한창 유망한 학문으로 떠오르고 있던 국제정치학을 공부하기로 했다.

1979년이 지나고 80년대로 접어든 때였다. 한국에서는 18년 된 군사정부가 시민혁명으로 무너졌으나, 다시금 군사 쿠데타가 일어나 군사정부는 변함없이 계속되고 있는 형국이었다.

이런 나라에서 법학이 무슨 소용이 있겠는가? 그보다는 국제적으로 널리 통하는 학문을 공부해서 미래에 대비해야 하지 않겠는가 하는 것이 애초에 국제정치학을 선택한 이유였다. '피레네 산맥 이쪽의 정의가 저쪽의 불의가 된다'라는 고대 로마법 격언이 있듯이, 법학은 국가라는 울타리 안에서만 통용되는 형식논리에 불과하다는 생각이었다.

현은 한반도를 벗어나 여러 이질적인 사회에서 공통적으로 작용하는 원리를 탐색해보고 싶었다. 4대 열강에 둘러싸인 한반도가 생존의 단계를 넘어서 번영의 단계로 나아가기 위한 필요충

분조건은 무엇인가? 현이 내내 염두에 두고 있는 화두였다.

20세기 초 지정학(geopolitics) 분야를 창시한 맥킨더(Mackinder) 교수의 수제자로 알려진 이스턴(Eastern) 교수가 마침 케임브리지에서 강의를 하고 있었다. 그를 지도교수로 삼아 가까이 대할 수 있었던 것은 현에게 큰 행운이었다.

현과 그녀 사이에는 꾸준히 편지가 오고갔다.

"주. 경황없이 지내다 보니 소식이 늦었소.

난 이제 제법 이곳의 클래식한 삶에 길이 들었어. 고딕양식의 첨탑으로 둘러싸인 오백 년 된 돌집 안에서, 이백 년 전의 학자가 쓴 책을 읽으며 지낸다오.

영국에서는 뭐든지 백년 단위야. 도처의 건물과 도로와 공원과 가구까지도 몇백 년씩 된 것들이지. 한국에서 역사는 수치스러운 것이고 파괴해야 할 대상인 것과 달리, 이곳에서 역사는 영광스러운 것이고 보존해갈 대상이라오. 우린 자기 역사를 너무 무시하고 자학해왔던 것 아닌가 하는 반성을 하게 되는구려.

이 도시는 꼭 그곳 진해를 닮았다는 생각이 들어. 내가 진해를 15세기 낭만의 도시 같다고 했던 말 기억해요? 그 15세기 도시가 바로 여기 케임브리지야. 도시의 크기나 시민의 수가 딱 진해만 해. 낭만적인 분위기도 비슷하고.

그러나 역시 진해만큼은 못 되는 것 같아. 해군이 사는 군항도시 진해야말로 진정한 낭만이 넘쳤었지. 바다가 있고 산이 있고 꽃이 있고 흑백다방이 있었지. 무엇보다 그린하우스가 있었지. 피아노 앞에 앉은 주가 있었고. 항상 쇼팽의 〈녹턴〉이 흐르고. 여기에 와 있는 나로서는 꿈에서나 그려볼 수 있는 정경이지.

이곳에서 난 낭만은커녕 엄혹한 현실에 둘러싸여 있다오. 굳이 낭만이라 칭한다면 감성의 낭만이 아니라 지성의 낭만이라고 할 수나 있을까?

여기엔 바다 대신에 강이 있어. 크지 않은 강이지만, 그렇기 때문에 더 친숙한 느낌이 들어. 건너편을 훤히 볼 수도 있고, 강물을 손으로 만져볼 수도 있고, 쉽게 건너갈 수도 있지.

사실 난 이 강 때문에 옥스포드보다 케임브리지를 택한 것 아니었소? 그 선택에 만족하고 있어. 수많은 현인들의 발길이 스쳐갔을 그 강변을 매일 같이 한두 번 이상씩은 거닐어본다오. 멀리서 흘러와서 다시 먼 곳으로 흘러가는 강물은, 지난 추억을 떠올리게 하고 또 미래의 꿈을 피어오르게 하지.

그 추억과 꿈의 한가운데에는 늘 그대 주가 자리 잡고 있어. 항상 나를 향해 손짓하고 있는 그대가 보여. 주는 나의 큰곰 별자리야."

"현. 당신의 빈자리가 너무 크군요. 당신과 함께했던 시간 동안 난 과분한 행복을 누리고 있었나 봐요.

당신이 떠난 후 그린하우스 일도 손에 안 잡혀서 이모님이 걱정 많이 하셔요. 요즘 이모님 건강이 안 좋아서 내게 의지를 많이 하시는데.

피아노도 자주 치지 않고, 치더라도 우울한 곡만 치게 되네요. 풀죽은 사람 되기 싫은데. 케임브리지에 간 현 못지않게 당당하게 살고 싶은데.

나 앞으로 씩씩해져서 절대 당신 공부 방해는 하지 않을 터이니 걱정 말고 그곳에서 맘껏 활개치세요. 현은 나 주 개인의 사람이기에 앞서 이 나라의 사람이라는 사실을 잊지 마세요. 모두들 현에게 큰 기대를 걸고 있잖아요.

참, 어저께 정한선 대위님이 그린하우스에 들렀어요. 대위로 진급했더군요. 내가 진급 축하주를 냈어요. 그리고 축하연주도 해드렸어요. 현이 좋아하는 〈녹턴 13번〉을 쳤죠. 당신을 생각하면서 정성을 다해 쳤어요.

정 대위님이 무척 좋아하면서 감사해 했어요. 정 대위님과 난 현 당신이 빨리 공부를 마치고 돌아오기를 축원하는 건배도 했답니다.

정 대위님이 현의 소식을 알고 싶어 하니까 자주 연락해드리세요. 그분 알고 보니 겉과는 달리 참 순박한 분 같아요."

PCE53 한산함을 같이 탔던 전우 정한선 대위가 그린하우스를 찾아준다는 것은 반가운 일이었다. 외로움 타는 그녀에게 위안이 된다면 다행이라고 현은 생각했다.

현은 진해 4인방 중에서 가장 낭만적 성향을 가진 현송과도 편지를 주고받았다.

"현송. 재벌기업 신입사원 생활이 어떤가? 견딜 만한가? 똥배 오일러를 타던 인내심으로 버텨라. 이왕 회사원이 되었으면 무슨 일이 있더라도 사장님 소리까진 들어봐야겠지? 내가 귀국하면 술값 댈 돈 많이 벌어놓기 바란다.

요즘도 귀항선의 빨강머리 생각을 하는지? 널 보내기 싫어 몸부림치던 그 순정파 아가씨를 너무 쉽게 잊으면 안 되지. 빨강머리 덕분에 너 진해에서 행복했었잖아? 감사해야 해.

우리 해군장교를 목련꽃에 비유하기도 하지. 우리가 목련이라면, 우리가 사랑했고 우리를 사랑했던 그들은 목련의 연인들이야. 목련의 연인들은 영원히 우리 가슴속에 심겨져 있을 거야.

난 죽을 각오로 하고 있다. 다행히 법대 시절 고시공부는 안 하고 외국어와 기초 과목을 충실히 해놓은 게 큰 도움이 되는구나.

영국 애들도 별것 아니야. 영국식 발음만 제대로 알아들으면 이들과 경쟁하는 데 하등 어려울 것 없다. 어려서부터 입시

경쟁에 단련된 우리 아니냐? 난 자신이 있다. 최단시간 내에 D Phil(Doctor of Philosophy)을 따가지고 가겠다.

난 은주에게 돌아갈 거야. 난 그녀를 사랑한다. 그 사실을 이렇게 멀리 떠나와 있으니 확실히 깨닫게 되는구나.

물론 우리 두 사람 사이에는 많은 장애가 놓여 있지. 아직 부모님께 그녀에 대해 말씀드리지도 못했거든. 그러나 우린 극복할 거야. 약속을 했어. 은주도 날 기다려줄 거야. 두고 봐.

희소식 하나. 드디어 단골 펍(pub)을 발견했다. 캠 강가에 붙어 있는 120년이 된 펍이야. 여기선 백 년이 별것 아니니 놀랄 것 없어. 이름은 '디 앵커(The Anchor)'. 어때? 우리 해군에게 어울리는 멋진 이름이지? 이름이 멋지다는 점에서 진해의 우리 단골집 '귀항선'과 비슷하다.

그 펍은 지붕 밑 2층 정면 외벽에 커다란 배의 앵커가 걸려 있고, 그 밑에 황금색으로 'THE ANCHOR'라는 글자가 크게 붙어 있어. 스타우트 흑맥주가 일품이고 안주로 시키는 피시앤칩스(fish & chips)도 괜찮아. 현송 너도 좋아할 펍이야.

주말엔 영국 친구들과 한 잔씩 하는데 그때마다 너희들이 그리워진단다. 여기서 우리 진해 4인방이 한잔 거나하게 마셨으면 원이 없겠다. 난 여길 단골 술집으로 점찍었어."

"현. 네가 부럽구나. 공부 열심히 해서 크게 출세하기를 바란다. 출세하는 방법도 여러 가지가 있겠지. 어차피 난 공부에는 취미가 없잖니.

난 이 회사에 운명을 한번 걸어보겠다. 대우는 신생 재벌이라 할 일이 많다. 좌충우돌 정신이 없다. 대신에 고속승진이 가능하다. 그게 내 맘에 든다.

네 말대로 똥배 타던 배짱으로 부딪치겠다. 우린 전투병과 해군장교 아니냐? 못할 게 뭐가 있겠나?

귀항선 빨강머리는 이제 잊어줘야지. 어차피 안 될 거라면 빨리 보내주는 게 오히려 그 사람을 위한 일이야. 목련의 연인은 추억 속에 고이 간직할 때 아름다운 것 아니겠나?

현, 네가 사랑한다는 그린하우스 은주 씨도 마찬가지야. 냉정하게 본다면 과연 언제까지 그 사랑이 이어질까? 끝내 결실을 맺을 수 있을까? 서로의 인생에 방해가 되기 전에 갈 데로 보내주는 것이 현명할 수도 있어. 내가 늘 말하지 않더냐? 오는 여자 안아주고 가는 여자 보내주자고, 하하.

진해에서 너희 두 사람 참 보기 좋았다. 보기 드물게 순수하고 고차원적이었어. 잘되기만 한다면 얼마나 좋겠니? 그러나 어디 인생이 영화처럼 그렇게 순순히 풀려가기만 하더냐?

현 내가 보기에 넌 이 나라에서 큰일을 해야 할 사람이다. 넌 우리 동기생 중에서 단연 최고의 인물이야. 그곳까지 갔으니 딴 생각하지 말고 오직 네 길에만 집중하기 바란다. 이곳은 잠시 잊어라. 진실한 친구로서 하는 말이니 오해 없기 바란다."

현송다운 말이었다. 그러나 결코 현이 전부 수긍할 수 있는 말은 아니었다.

현은 현송과는 다른 점이 많았다. 현송이 현실주의자라면 현은 이상주의자였다.

귀항선과 그린하우스도 달랐다. 귀항선은 〈나 어떡해〉를 목청껏 부르던 곳이었고, 그린하우스는 모차르트와 쇼팽이 잔잔히 흐르던 곳이었다.

더구나 빨강머리와 그녀와는 근본적으로 달랐다. 그것은 신분의 차이가 아니라, 철학과 영혼의 차이였다. 그녀는 쇼팽의 〈협주곡 1번〉을 현에게 바친 사람이었다.

그 낭만의 도시에서 목련의 연인으로 해군 곁에 머물렀던 여인들은 많았다. 아련한 추억들은 고이 간직될 것이다. 그러나 진정한 목련의 연인은 한때 추억 속의 존재가 아니라 가슴속에 영원히 심겨 있어야 한다고 현은 생각했다.

시간은 느릿느릿한 척하면서도 재빨리 달려갔다. 현은 우물

안 개구리를 벗어나 드넓은 세계를 섭렵했다.

케임브리지는 무한한 시간과 공간을 점령하고 있는 마법의 성이었다. 오천 년 인류역사와 오대양 육대주 인간세상을 두루 꿰뚫는 촉각을 곤두세우고 있었다. 현은 그 육중한 중세 고딕 건물 안에 침잠하여 그 건물 두께만큼이나 두터운 지성을 쌓아 올려갔다.

지구 반대편에서는 여전히 군사정권 아래 억눌려 들려오는 조국의 신음소리가 늘 현의 마음을 무겁게 했지만, 현은 일단 자신의 완성에 매진하기로 다짐했다.

현이 강변에 머물면서 공부에 열중하는 동안, 친구들도 자기 앞길을 부지런히 개척해나갔다.

규형은 외무부 사무관으로 첫 발령을 워싱턴의 주미한국대사관으로 받았다. 첫걸음을 떼는 외교관으로서는 모두가 선망하는 최고의 자리였다. 워싱턴에 따라가 살게 된 규형의 아내는 1년간의 진해 유배생활에 대한 보상을 톡톡히 받은 셈이었다.

대위로 진급해서 계속 해사의 럭비 코치로 있는 호범은 기어코 하숙집 외동딸과 결혼을 했다. OCS 장교와 진해 처녀의 결혼은 진해를 떠들썩하게 하는 축제였다. 결혼식에는 100명도 넘는 65차 동기생들이 진해에까지 몰려가서 축하를 해주었다. 과연 OCS 동기의 의리는 대단하구나 하고 사람들은 감탄했다. 그

힘인지 호범이 이끄는 해사 럭비팀은 호범이 전역하기 전 2년간 연속해서 3사체육대회에서 공사와 육사를 누르고 우승을 거두었다.

현송은 대우그룹 입사 1년 만에 대리가 되고 3년 만에 과장 자리까지 오르는 초고속 승진을 계속했다. 여자에게 쉽게 다가서는 특기를 살려 이화여대를 나온 부서 후배와 연애를 한다 하더니, 이내 결혼까지 한다는 청첩장을 보내왔다. 결혼해서 독일 해외지사로 진출한다는 것이었다. 역시 현송답다고 현은 생각했다. 그들 모두 이제 연인이 아닌 아내를 거느린 가장이 된 것이다.

"주. 캠 강변에서 편지를 쓰오. 중학교 때 음악시간에 배운, 내가 제일 좋아하는 가곡을 나직이 불러본다오.

목련꽃 그늘 아래에서 베르테르의 편질 읽노라
구름꽃 피는 언덕에서 피리를 부노라
아, 멀리 떠나와 이름 없는 항구에서 배를 타노라
돌아온 4월은 생명의 등불을 밝혀든다
빛나는 꿈의 계절아 눈물어린 무지개 계절아

박목월의 시에 김순애가 곡을 붙인 〈4월의 노래〉지요? 언젠가

주가 쳐주는 피아노 반주에 맞춰서 내가 불렀던 기억이 나네. 잘한다고 칭찬을 받았던가, 못한다고 핀잔을 받았던가, 그 기억은 잘 나지 않는군.

지금 이 시간 이 장소에서만큼 이 노래가 절실한 감정을 주는 때는 없었던 것 같아. 이 노래는 빛나는 앞날을 예고하는 희망의 노래인 줄로만 알았는데, 아련한 추억을 그리는 애수의 노래라는 사실을 이제 깨닫게 되었소.

이 노래를 부르면 왜 이렇게 눈물이 나는지 몰라. 아마 내가 철이 들어가나 보오. 캠 강변에 와서야 비로소 내가 철이 드는가 봐. 그리움의 눈물을 흘려보지 않은 사람이 무슨 학문이며 예술을 할 자격이 있겠소? 역시 바다는 남자를 만들고 강은 인간을 만드는 것 같소.

주. 다음의 글을 읽어주기 바라오. 내가 어제 저녁 일기장에 써놓은 글이라오.

강물은 쉼 없이 흘러간다.
오늘 흘러가는 강물은 어제 흘러가던 강물이 아니다.
내일은 또 다른 강물이 흘러갈 것이다.
강은 같은 강이지만 강물은 같은 강물이 아니다.
그래도 강은 같은 형태와 같은 소리를 유지하며 변함없이 흐른다. 그렇게 강은 하나의 단일체로 영원히 여기에 존재한다.

이 세계도 그렇고 한 인간의 삶도 그렇다.

오늘 나는 King's College Chapel 앞 강변에서 이 강물을 바라보고 있다.

이곳을 거쳐 간 뉴튼이, 다윈이, 케인즈가, 맥킨더 교수가 그랬을 것이다.

그들도 똑같은 감흥을 느끼며 이 강변에서 그 강물을 바라보았을 것이다.

지금은 이 강물을 이스턴 교수와 이승현이 바라보고 있다.

내일은 어느 누가 이 강변에서 그 강물을 바라보고 있을까?

난 변함없는 강물의 소리 '옴'을 듣고 싶다.

헤세의 소설 『싯다르타』에서 뱃사공 바수데바가 들었던 그 '옴'을 듣고자 한다.

여기 캠 강변에서 들은 옴 소리를 대한민국의 한강변으로 가져가고 싶다.

한강의 강물 소리를 듣고 싶다.

주. 난 그리움의 눈물을 흘리고 있을 수만은 없소. 과거의 것이 그리운 것 못지않게 미래의 것에 대한 기대가 크다오.

여기에 와서 어언 3년, 해볼 만하다는 자신감이 들수록 투지가 넘쳐나음을 느껴요. 나의 능력과 에너지가 어디까지 뻗어나

갈 수 있을지 시험해보고 싶어.

이스턴 교수는 나더러 미국으로 건너가 보라고 조언하네요. 영국의 고전주의(classicism)를 익혔으니 미국의 실용주의(pragmatism)를 배울 차례라는 것이지. 2차대전을 고비로 세계의 주도권은 미국으로 넘어갔고, 이제 다가오는 21세기는 또 다른 판도가 형성될 거라고 하오.

20세기에 막 들어서던 시기에 이미 미국의 국무장관 헤이(Hay)는 "지중해는 과거의 바다, 대서양은 현재의 바다, 태평양은 미래의 바다"라고 했다지. 최근에 미국이 중국과 수교한 것은 이미 대서양 시대는 막을 내리고 태평양 시대가 도래했다는 신호탄이라고 봐야 해. 한국도 여기에 대비해야 하는데, 이스턴 교수 말대로 세계 외교를 주도하는 미국의 심장부에서 길을 모색할 필요가 있을 것 같아.

주, 이스턴 교수의 권유가 아니더라도 난 미국에 가보고 싶다오. 4백 년 전 대서양을 건너간 영국 필그림(Pilgrims)처럼 신대륙 땅 위에 나의 영지를 선포하고 싶어.

그렇지만 주를 그곳에 둔 채 더 먼 곳으로 가도 될까? 그 걱정이 들 뿐이라오."

"현. 『갈매기의 꿈』에 나오는 조나단 리빙스턴 시걸처럼 맘껏 날개를 펼치세요. 땅에 내리지 않고 지구를 한 바퀴 도는 알바트

로스라는 새가 있대요. 그 새처럼 높고도 멀리 날아요.

동쪽을 향해 돌아서지 말고 내쳐 서쪽을 향해 항해를 계속하세요. 대서양을 건너 세상의 끝까지 가세요.

여전히 군사정부가 지배하고 있는 이 땅은 현 당신 같은 이상주의자가 돌아와 착륙할 곳이 아니에요. 당신의 이상이 완성되고 이 땅이 그 이상을 품어 안아줄 수 있을 때, 그때 오세요.

당신은 소중한 존재예요. 절대 자신을 과소평가하시면 안 돼요. 난 나 자신의 욕심을 위해 당신을 희생시키는 것이야말로 가장 커다란 죄라는 사실을 잘 알고 있답니다.

현, 당신을 사랑해요. 비진도에서 약속했듯이 이 사랑은 평생을 두고 변하지 않을 거예요. 우리의 약속은 그것뿐이에요. 서로 영원히 사랑할 것이라는 거, 그것 이외의 어떠한 약속도 우리 하지 않기로 했잖아요.

우리가 언제 어디서 어떤 모습으로 만나든 그 약속만 가슴에 간직하고 있다면 우린 행복했다고 자신 있게 말할 수 있을 거예요."

현의 눈물이 그녀의 편지 위로 떨어져 글자를 흐렸다. 어떻게 그녀를 사랑하지 않을 수 있겠는가! 그녀는 남자의 주먹을 불끈 쥐게 만들 수 있는 여자였던 것이다.

학위 과정이 막바지로 접어들어 가면서 현은 미국의 대학으로 나아갈 준비를 서둘렀다. 어플리케이션을 넣는 곳마다 좋은 조건을 제시하며 현을 불러주었다.

"주. 난 다음 목적지를 하버드대학교 케네디스쿨로 결정했소. 그 학교에서 정치경제학이라는 독특한 분야를 개척하고 『갈등의 전략』이란 명저를 생산한 셸링(Schelling) 교수를 주목하고 있어요. 셸링 교수는 경제학의 게임이론을 국제정치에 접목시켜 국가 간의 갈등과 협상 전략을 세워 보였소.

지금 동북아시아, 특히 한국의 정세는 그쪽 연구가 절실히 필요하다고 봐요. 이참에 난 경제학 쪽도 좀 섭렵해보려 해요. 그 준비로 지금 수학 공부를 열심히 하고 있소.

이제 학문 간의 구별이 무너지는 시대요. 법학이든 정치학이든 경제학이든 전통적인 독자성은 큰 의미가 없어요. 복잡한 현실을 타개해나갈 실제적 솔루션을 제공해야 할 책임이 소위 학자라는 사람들에게 주어진 것이오.

나에게 학문이란 군함에서 함포를 쏘고 해저의 잠수함을 잡는 것과 하등 다를 것이 없다오. 그것이 프래그머티즘의 진수이고, 난 그 프래그머티즘을 쫓아 미국으로 가려는 것 아니겠소? 군함 타고 동해바다를 누볐던 나에게 썩 어울리는 과업이란 생각이 들어요. 부디 지켜보면서 응원해주기 바라오."

현은 케임브리지에서 최단시간인 4년 만에 박사학위 디필(D Phil)을 취득하고 캠 강변을 떠나 대서양을 건너 하버드로 갔다. 하버드는 현에게 충분한 기간 장학금을 받으며 공부할 수 있는 호의를 베풀었다.

현의 방랑은 오디세우스의 거칠기만 한 방랑과는 달리 심오한 학문의 세계를 떠도는 방랑이었다. 그러나 미지의 세계에 대한 탐색이라는 점에서 공통점이 있다고 현은 생각했다. 오디세우스나 현이나 그들은 모험가 그룹의 족속이었던 것이다.

현은 그녀 걱정을 하지 않을 수 없었다. 그러나 그녀가 편지 속에 썼듯이, 그녀와의 약속은 당장 그녀 곁으로 돌아가는 것이 아니라 그녀를 향한 사랑을 영원히 간직하는 데 있는 것이 아니었던가? 현은 그 약속만큼은 지킬 자신이 있었다.

15. 작별

그 누구도 아닌 당신을 위해 죽는다는 행복을 누리고 싶습니다.
로테, 당신을 위해서 이 몸을 바치는 행복도 누리고 싶습니다.
당신의 생활의 평안과 기쁨을 되찾을 수 있다면 자진해서 기꺼
이 죽을 것입니다.
그러나 아아! 사랑하는 사람을 위해서 자기 피를 흘리며, 자기
죽음에 의해서 백배의 새로운 생명의 불을 일으키는 것은, 소수
의 고귀한 사람들에게만 허용된 일이었습니다.

- 『젊은 베르테르의 슬픔』,
요한 볼프강 폰 괴테(Johan Wolfgang von Goethe), 1774

"이 중위. 아니, 이젠 이 박사라고 불러야 하겠지. 그대는 뭐든지 다 알고 있는 사람이라고 해서 한산함 안에서도 척척박사로 불리더니 진짜 박사나리가 되었네그려. 더구나 그 어렵다는 케임브리지 박사까지.

우린 그대가 그렇게 될 줄 알고 있었소. 이 박사는 참 대단한 사람이야. 우리 같은 보통 사람하곤 달라. 이 박사는 이 박사의 길이 있고 우린 우리의 길이 있소. 각자가 자기의 길을 열심히 살아가는 거지 뭐.

알고 있나? 우리가 타던 한산함은 이미 2년 전에 폐선이 돼버렸다는 사실을. 하긴 40년대 2차대전 때 미군이 쓰던 배이니 너무 오래되긴 했지. 자기 임무를 다한 후 파란만장했던 일생을 마감하고 원래의 모습인 고철로 돌아간 거지. 배도 사람과 마찬가지라네.

난 대위로 진급해서 구축함 작전관으로 있다가 지금은 잠시 함상생활을 접고 함대사령부 정훈과장으로 와 있소. 한 2~3년 쉬어 가라는 뜻이 아니겠나? 육상근무 체질이 아니라 몸이 근질근질하고 적성에도 안 맞는 일이지만 꾹 참고 해보는 거지.

바닷사람 어서 바다로 돌아가야지. 내 꿈은, 배 실컷 타면서 구축함 함장도 지내고, 그 다음엔 어깨에 별 달고 제독 소리 한 번 들어보는 거라.

넬슨 같이 유명한 제독이 되어서 트라팔가르 해전처럼 폼 나는 전투도 치러보고 싶소. 운이 좋으면 해군 참모총장까지 가보는 거고. 전 해사생도를 통솔하던 연대장생도 출신이 전 해군을 지휘하는 해군참모총장을 꿈꾸는 것은 당연한 일 아니겠나?

그런데 참모총장은 자기만 잘한다고 되는 일이 아니라 정치빽이 있어야 된다 하던데, 경상도 시골 함안 출신 촌놈이 무슨 빽이 있겠나? 내게 정치빽이 될 만한 사람은 이 박사 그대뿐이지 싶어. 이 박사, 그대는 공부 많이 하고 출세 많이 해서 대통령 한 번 하시오. 그럼 나도 희망이 있지 않겠나? 하하. 농담이니 신경 쓰지 마소.

난 요즘 시간이 많이 나서 영어공부도 하고 독서도 하면서 지내네. 해군에서 1년에 한 명씩 미국 해군대학에 1년짜리 유학을 보내주는데 영어 실력이 꽤 되어야 뽑히거든. 나도 이 박사처럼 유학이란 걸 가보고 싶어.

그린하우스에도 자주 들른다네. 그린하우스와 은주 씨를 소개해준 이 박사에게 감사하네.

그곳을 발견한 이후 내 생활은 많이 바뀐 것 같아. 뭐랄까, 고급 문화를 접하는 기분이랄까?

진해에 흑백다방이란 명소가 있는 것이 자랑이라지만, 내가 보기엔 그린하우스라는 고급 살롱이 더 큰 보물이 아닌가 싶어. 소수의 낭만파 인사들만이 들를 수 있는 비밀 아지트 같은 느낌이랄까?

은주 씨 같은 사람이 있기에 가능한 일이지. 은주 씨는 진해의 격을 높여주는 사람이야. 은주 씨가 피아노 치는 걸 보는 것을 큰 낙으로 삼고 있소. 흰 원피스를 입고 피아노 앞에 앉아 있는 그 모습은 천사 같아.

그런데 은주 씨는 요즘 무척 힘든가 봐. 이 박사가 떠난 이후 기운을 많이 잃었지. 게다가 이모님마저 편찮으셔서 그린하우스 운영을 거의 혼자 맡아 하고 있어.

내가 무슨 위안이라도 좀 되어주고 싶어서 잘 해주려 노력 중이야. 가끔 바람을 쏘이러 교외로 모시고 나가곤 하는데 그 정도는 이 박사도 허락해주시겠지?

은주 씨는 진해 교외의 수치해변을 좋아하니까 그곳으로 자주 모시고 간다네. 수치해변, 이 박사도 잘 알지? 이 부근에서 제일 경치 좋은 곳이잖아? 함대사령부에 내 앞으로 배당된 지프차가 있어서 내가 직접 몰고 나가지. 함대 정훈과장이라면 지프 한 대 몰고 다닐 정도의 힘은 있다네, 하하.

은주 씨가 수치해변에서 먼 수평선을 바라보는 모습을 보면 이 박사 생각을 하고 있는 것이라는 생각이 드네. 나도 알지. 두 사람이 어떤 사이라는 걸. 은주 씨는 이 박사에 대해 한 마디 말도 꺼내지 않지만, 내가 그 스토리를 왜 짐작하지 못하겠나?

은주 씨에겐 이 박사가 잘 어울린다는 사실을 인정하네. 어쩌면 나 같은 사람은 은주 씨를 감당할 능력이 없는지도 몰라.

솔직히 말하자면 난 은주 씨를 좋아해. 그러나 섣불리 나서지 않고 지켜보고만 있네. 내가 여자 때문에 동기생을 배신할 만큼 의리 없는 놈이 아니라는 것은 이 박사도 알고 있겠지?

난 두 사람이 잘되기를 진심으로 바라네. 이 박사가 빨리 돌아와서 은주 씨를 행복하게 만들어주면 좋겠어. 그렇게만 된다면 난 흐뭇해 할 걸세. 그만큼 내가 은주 씨를 대하는 마음은 순수하다네.

그런데 이 박사가 다시 미국으로 건너갔다는 소식을 듣고서 난 좀 불안해지더군. 은주 씨가 이 박사를 기다리는 모습을 얼마나 더 지켜봐야 할까 하고 말이야.

나의 동기생 이승현 중위! 그대는 돌아오기는 올 건가? 언제? 벌써 5년이 흘러가고 있지 않은가? 이 정한선이를 언제까지 감시병 노릇만 시키려 하는가? 감시병으로만 남아 있을 자신이 슬슬 없어지기 시작하네그려, 하하.

이건 한번 해보는 농담이니 귀 기울여 듣지 말고 공부나 열심히 하소. 은주 씨는 내가 지켜줄 테니까."

같은 해에 임관하고 같은 배를 탔던 정한선 대위가 보내온 편지였다. 그는 농담이라고 했으나 단순한 농담만은 아닐 거라고 현은 생각했다.

정 대위는 묻고 있었다. 현의 선택을 요구하고 있었다. 항해를 접고 귀국하느냐, 항해를 계속하느냐의 선택을. 그것은 정 대위의 요구일 뿐만 아니라 그녀의 요구이기도 하지 않을까?

현은 그녀의 현을 향한 사랑을 전혀 의심하지 않았다. 그러나 그녀의 인내에도 한계는 있을 것이다. 불현듯 그녀가 현과의 사이에 맞잡고 있는 동아줄을 그대로 놓아버릴 수도 있지 않을까 하는 불안이 엄습해왔다.

"주. 정한선 대위로부터 편지 받았소. 그대가 겪고 있는 고통에 대해 얘기하더이다.

내가 너무 이기적이란 생각을 지울 길 없구려. 도무지 변명할 말이 없소. 공부를 계속하라는 그대의 말만 믿고 다시 이곳까지 와서 이렇게 하고 있다니.

차라리 돌아갈까 봐. 돌아가서 주에 대한 나의 책임을 다하고 싶어. 정 대위의 편지를 받은 이후 공부가 손에 잡히지 않아요. 오직 그대 곁으로 돌아갈 생각밖에 나지 않아."

이에 대한 그녀의 대답은 한결같았다. 그리고 단호했다.

"현. 안 됩니다. 지금 오시면 안돼요. 그건 오히려 나를 비참하게 만드는 거예요. 현이 나 때문에 공부를 그만두고 온다면 차라리 난 죽어버리는 게 나을 거야. 내가 없어지면 당신이 그런 생각 하지 않겠지.

말로 하는 약속 같은 것에 의지하지 말고 가슴속에 영원히 간직하자는 것이 우리의 약속 아니었나요? 동정이 아닌 순수한 의지만이 진정한 사랑을 증명할 수 있는 거잖아요. 우린 그걸 증명해야 해요.

베르테르가 스스로 목숨을 끊은 것은 오로지 로테의 행복을 위한 것이었어요. 그는 결코 슬픔이나 자학에 빠져 죽음에 이른 것이 아니에요. 그는 자기가 없어야만 사랑하는 이가 걱정이 없이 행복해질 수 있다는 확신에서 기꺼이 자신을 없앤 거예요. 아마 베르테르는 기쁨에 차서 죽어갔을 거라고 난 생각해요.

우리의 사랑은 왜 그런 사랑이 될 수 없다는 거죠? 만약 당신이 나를 위한다고 하면서 돌아온다면 난 실망하고 슬퍼할 거예요. 제발 날 위해서라도 현의 길을 계속 가는 모습을 보여주세요. 그럼 난 기뻐할 거예요."

주의 편지는 현에게 위로가 되고 용기를 주었다. 현은 짐짓 불안을 떨쳐내고 학업에 열중했다.

시간은 강물처럼 쉼 없이 흘러갔다. 현의 우주는 확장되어갔다. 그에 따라 현과 그녀 사이의 공간은 벌어져만 갔다. 진해와 보스턴 사이는 너무 멀었다. 그리고 너무 달랐다.

현은 가끔씩 현실에 안주하고 싶어 하는 자신을 느끼고 소스라치게 놀랐다. 나는 과연 주를 사랑하는 것일까? 주를 사랑했던 것일까? 내가 말했던 것처럼 영원히 사랑할 수 있을까? 감정의 혼돈이었다.

지금 모든 것을 놓아두고 돌아갈 수 없다는 것만은 점점 명확해졌다. 그러기에는 너무 많은 줄과 끈이 이리저리 현의 몸을 에워싸고 얽혀 있었다.

1985년 2월, 그동안 미국으로 추방당하여 가서 머물러 있던 세계적으로 유명한 한국의 정치 지도자가 세계의 주목을 받는 가운데 한국으로 귀국했다. 한국을 지배하고 있던 군사정권에 맞서 싸우기 위해 귀국을 감행하는 것이었다.

그 광경을 현은 TV를 통해 멀리서 지켜보았다. 현은 그 정치 지도자가 한국에 가서 성공을 거두기를 기원했다. 한국이 시대 착오적인 군정을 끝내고 정상으로 돌아갈 수 있기를 바랐다.

바다 건너 조국의 정세가 요동을 쳐댈 때에도 현은 하버드 야드(Harvard Yard)와 와이드너 라이브러리(Widener Library)를 굳게 지켰다. 아직 현의 시대는 오지 않았다. 지금은 더 공부할 때라고 생각했다.

그녀의 편지가 온 것은 그때였다. 그것이 정말 마지막 편지가 될 줄은 현도 미처 짐작하지 못했다.

"현. 이별을 예감하는 만남이 있을까요? 이별의 운명을 간직한 만남도 있을까요? 우리의 만남이 그런 것이었을까요?

그린하우스 앞을 지나가다가 우연히 내 피아노 소리를 듣고 들어서던 현의 모습을 기억해요. 우리의 운명적 만남이었지요. 난 바로 그 순간부터 현을 사랑할 수밖에 없었어요. 그 운명이 고통스러운 것이었다고 해도 난 그 운명에 감사해요.

그러나, 이젠 정말 현을 놓아드려야 할 때예요. 칼립소가 오디세우스를 보내주었던 것처럼. 어쩌면 난 처음부터 그것을 알고 있었는지도 몰라요. 부정하려 애써도 부정할 수 없는 것, 그것이 바로 운명이라는 거겠죠.

현. 행여 마음 아파하지 마세요. 우린 헤어지는 것이 아니에요. 우리 사랑은 이것으로 실패하는 것이 아니에요. 우린 언젠가 어느 곳에선가 어떤 모습으로든지 다시 마주치게 될 거예요.

대신 지금 난 베르테르처럼 기쁜 마음으로 현으로부터 떠나가겠어요. 그렇게 하는 것이 현을 진실로 사랑했다고 떳떳하게 말할 수 있는 길일 거예요.

오, 내 사랑하는 현, 제발 이렇게 말하는 나를 꾸짖지 말아 주세요. 나의 진실을 받아들여 주세요. 진실한 사랑을 가르쳐준 당신에게 감사하고 있답니다.

한 달 전에 이모님께서 돌아가셨어요. 나를 어머니처럼 키워주신 분이었죠. 이제 난 정말 혼자가 되었네요.
이모님이 안 계시니 그린하우스도 문을 닫아야 할 것 같아요. 현, 당신을 만나게 해준 곳이었는데.
당신이 없는 그린하우스는 쓸쓸하기만 했죠. 당신은 이곳을 천국이라고 표현한 적이 있지만, 쓸쓸한 천국은 더 이상 필요 없는 것 아니겠어요?

정 대위님이 어저께 청혼을 해왔어요. 난 별로 놀라지 않았어요. 나에 대한 그분의 마음을 잘 알고 있었거든요. 난 좀 더 생각해보겠다고 대답했어요.
내가 그분 청혼을 받아들인다고 해서 당신을 향한 나의 사랑을 당신은 의심하지는 않을 거라고 난 믿어요.
현. 더 먼 항해를 계속하세요. 그 후에 어느 항구에선가 우리 다시 만나요. 그때까지 잠시 작별이에요. 이별이 아니에요. 비진도에서 했던 약속을 잊지 마세요. 현, 당신을 사랑할 거예요. 영원히."

기어코! 올 것이 왔는가? 그녀는 처음부터 알고 있었는지도 모른다고 썼다. 현 역시 알고 있었는지도 모른다. 보기 싫어 장막을 쳐놓았지만 무대의 뒤편은 드러나기 마련인가?

사랑은 약속한다고 해서 이루어지는 것이 아니다. 그래서 그들은 약속 같은 것을 하지 않았다. 운명에 맡겼던 것이고, 운명을 예감했을 뿐이다. 그 운명이 문을 두드리고 있는 것이다.

현은 그녀를 붙잡으려 달려가지 않았다. 그녀도 현이 그러지 않으리라 여겼을 것이다.

그녀와 현은 그렇게 작별을 했다. 언제 어디서 어떻게 마주칠지 약속하지 않은 채로.

16. 사바(娑婆)

각성의 마지막 전율이자

탄생의 마지막 고통이었다.

즉시 그는 다시 발을 떼어

빠르고 급하게 걷기 시작했다.

더 이상 집으로 향하는,

아버지에게 돌아가는,

되돌아가려는 발걸음이 아니었다.

That was the last shudder of his awakening,

the last pains of birth.

Immediately he moved on again

and began to walk quickly and impatiently,

no longer homewards,

no longer to his father,

no longer looking backwards.

— 『싯다르타(Siddhartha)』, 헤르만 헤세(Herman Hesse), 1922

이승현. 그분을 뭐라고 불러야 할까요?

그분처럼 다양한 호칭을 가진 분도 없을 겁니다. 그분처럼 화려한 경력을 가진 분도 없을 겁니다.

그분처럼 한창 각광을 받던 중에 홀연히 무대에서 사라져버린 분도 없을 겁니다. 그래서 세인들이 더욱 아쉬워하는 것이겠지요. 잘 알려져 있는 것 같으면서도 기실 잘 알려져 있지 않은 신비의 인물이라고나 할까요?

그분은 종종 자기의 인생을 먼 항해에 나선 것으로 비유하곤 했습니다. 원했든 원하지 않았든 한 자리에 머무르지 않고 여러 항구를 떠돈 삶이었다고 했습니다. 네, 제가 보기에도 그렇습니다. 방랑자의 운명을 타고난 사람이었죠.

그는 천성적으로 이성과 감성을 완전하게 공유한 분입니다. 결코 학문에만 열중했던 것이 아니라 문학과 예술에도 조예가 깊었습니다. 스스로 15세기 르네상스형 인간을 자처하기도 했지요. 동서양의 미술사에 해박한 지식을 갖추어 가끔 박물관과 미술관의 도슨트를 자원하여 봉사하곤 했습니다.

아울러 문무를 겸비한 분이기도 합니다. 정신 못지않게 신체를 단련하는 일에 열심이었지요. 소년시절부터 연마한 태권도가 4단에 이른 데다가 중년 이후에는 중국 무술인 쿵푸, 팔극권에도 관심을 두고 수련하여 상당한 고수의 경지까지 갔습니다.

그는 평소에 남자는 남자다워야 한다고 역설하면서, 그 표본으로 사관학교 출신을 높이 평가해주는 쪽이었습니다. 전쟁이 나면 나라를 위해 목숨을 바칠 사람으로 우선 사관학교 출신 장교들을 꼽았습니다.

그는 사관학교 출신 장교들도 공부를 더 계속해야 한다고 하면서, 그들이 일반대학에 학사 편입하여 석사·박사까지 되고 외국유학도 갈 수 있도록 음으로 양으로 도왔습니다. 저도 그 덕을 본 사람들 중의 하나였습니다. 그분의 강력한 권유와 지원으로 꺾이지 않고 공부를 계속할 수 있었거든요.

그가 대학을 졸업한 후 해군장교 전투병과에 자원입대한 것은 그러한 상무정신의 발로였습니다. 그는 군함을 탈 때에도 매우 우수한 항해장교라는 평가를 받았습니다. 그는 자신의 경력 중에서 해군장교로 군함을 탄 것을 가장 자랑스럽게 여겨서 사람들 앞에서 곧잘 해군시절 무용담을 펼치곤 했답니다.

그는 해군에서 전역한 후 곧바로 외국유학을 떠납니다. 아주 긴 유학기간이었습니다. 당시만 해도 그렇게 오랫동안 세계최고의 명문 대학을 두루 다니면서 제대로 공부를 해온 한국인은 없었습니다.

영국 케임브리지에서 정치학 박사, 미국 하버드에서 경제학 박사를 땄고, 내쳐 일본으로 가서 동경대에서 법학박사를 땄습니다. 세계적으로 가장 우수하다는 평가를 받는 그 세 개 대학의 학위를 모두 딴 것은 유일한 기록일 겁니다.

그는 런던이 세계에서 가장 빛나는 도시라고 항상 말했습니다. 그래서 교수직도 영국 런던대학에서 맡는 쪽으로 선택을 했을 거란 생각이 듭니다.

그가 런던에서 교수로 있을 때에 마침 저도 그곳에 머무르고 있어서 그의 집에 초대를 받아 간 적이 있지요.

그는 영국의 전원 풍경을 좋아했고, 특히 영국 가옥의 정원을 무척 좋아해서 손수 자기 집 정원을 가꾸는 데 열심이었지요.

영국에서 일견 편안하고 행복한 삶을 살고 있는 듯이 보였습니다. 그는 한국에는 절대 돌아가지 않고 평생 영국에서 살 거라고 했습니다. 한국은 아직도 군사 쿠데타로 집권한 대통령이 존재하고 있던 시절이었는데, 그는 한국인으로서 그걸 부끄럽게 여겼습니다.

그러던 그가 1993년인가 그때쯤 갑자기 한국으로 귀국을 합니다. 한국에 군인 대통령 시대가 끝나고 민간인 대통령 정부가 들어선 때였습니다. 한국에서 민간인 대통령은 32년 만이었지요.

조국에 민주정부가 들어섰으니 이제는 돌아가서 조국을 위해 일을 해보고 싶다는 생각이 들었던 것으로 이해가 됩니다.

그는 영국생활을 끝내고 모교인 서울법대 교수로 부임해 옵니다. 법대에서 국제정치와 국제법 강의를 맡으면서 학술활동 뿐만 아니라 사회참여 활동도 적극적으로 합니다.

그동안 막혀 있던 욕구가 터진 것일까요? 시민단체를 이끌고 민권운동에도 나섭니다. 영, 일, 독, 불, 4개국 언어에 능통해서 국제무대에 나가 한국을 대표하는 중요한 역할들을 많이 수행했습니다.

그는 결코 점잖은 학자풍에만 머무르지 않았지요. "행동하지 않는 양심은 불의의 편이다"라는 말을 자주 했던 것으로 기억합니다.

그가 교수 시절에 낸 책 『17세기 네덜란드가 되자』는 10만 부가 팔리는 베스트셀러가 됐습니다. 교수가 쓴 책으로서는 이변이었죠. 그 책의 내용은, 21세기의 대한민국은 17세기 때의 네덜란드와 같은 존재가 되어야 한다는 주장이었습니다.

결코 크지 않은 나라인 네덜란드는 17세기 100년간 대서양을 주름 잡으며 세계를 호령했습니다. 당시 에스파냐, 프랑스, 잉글랜드 같은 강국들 사이에서 주변 나라들을 적절히 이용하는 균형외교를 펴는 한편, 자체적으로 강력한 해군을 육성하여 국방력을 강화한 덕분입니다. 미국, 중국, 러시아, 일본이라는 4대 강국에 둘러싸인 한국의 지정학적 환경이 그와 비슷하다는 거죠.

책 속에 녹아 있는 그의 해박한 역사 지식과 화려한 문학적 자질이 대중의 반향을 얻어서 그 후 그의 국제정치를 다루는 시리즈물 출간이 계속 이어졌습니다.

그의 법대교수 생활은 결코 길게 계속되지 못했습니다. 교수로서는 최초로 TV방송의 시사토론 프로그램 진행자가 되어 매주 스크린에 나가게 되었는데, 이로써 얼굴이 널리 알려지고 대중의 인기를 얻게 되었습니다. 사람들은 그의 화려한 경력과 언변에 감탄했습니다. 대학교수가 그처럼 인기 스타가 되는 것은 처음이었죠. 거리를 걷거나 음식점에 들어서면 사람들이 다가와서 사인 공세를 펼 정도였으니까요.

그러던 중 서울 서초구에서 국회의원 보궐선거가 있었는데, 시민운동을 하는 단체들이 연합하여 그를 후보로 내세웠습니다. 정당 소속이 아닌 무소속 후보로 나선 그에게 시민후보라는 호칭이 붙여졌습니다. 그는 압도적 지지로 당선되어 국회로 입성합니다. 이로써 그의 국내 대학교수 생활은 5년여 만에 짧게 끝났던 것입니다.

그는 보궐선거로 국회에 들어간 초선의원으로서 국회 외교통상위원회에서 매우 인상적인 활약을 보입니다.

미국을 조금이라도 벗어나는 외교정책을 펴면 큰일 나는 줄 아는 시기에 CNN 방송에서 동아시아 정세를 놓고 미국의 공화당 의원과 벌인 열띤 논쟁은 국제적으로 큰 화제가 되기도 했습니다.

무소속 의원으로 있던 그는 대통령의 제안으로 여당에 입당을 하고 재선에 성공합니다.

그가 하버드에 있던 시절에, 미국에서 망명생활을 하며 한국 민주화 캠페인을 벌이고 있던 야당 지도자를 만난 적이 있었습니다. 그는 그 정치가가 주최한 행사에 참석해서 4대국 보장론과 남북한 교차승인론에 대한 인상적인 질문을 해서 눈길을 끌었지요. 그 이론은 그 야당 지도자가 줄곧 주장해온 진보적인 외교정책으로, 한국의 군사정권과 보수층으로부터 세찬 공격의 대상이 되어왔던 것이었습니다. 그는 그 정치가의 이론을 지지하는 입장이었습니다.

훗날 그 야당 지도자가 한국의 대통령이 됩니다. 한국에서 처음으로 선거를 통한 정권교체를 이룬 것입니다. 이제 과거의 야당이 새로운 여당이 되어 국정을 이끌게 됩니다. 그 새 대통령이 미국 망명시절부터 눈여겨두었던 그를 기억하고 있다가 이제 자기 당으로 끌어들인 것이죠.

대통령은 이어서 파격적인 인사를 단행합니다. 막 재선의원으로 당선된 그를 외교통상부 장관에 임명한 것입니다. 그는 국회의원과 장관을 겸임하게 되었지요.

대통령의 이런 인사는 관례에 없던 일이었습니다. 외교관 실무경험이 없는 40대의 학자 출신에게 외교 통수권을 맡기다니! 더구나 다변 중립외교를 주장하여 급진파로 분류되던 사람을 말입니다. 국내의 보수언론들이 들끓었고, 국회의 다수 의석을 차지하고 있던 보수야당이 반발하고 나서는 건 당연했지요. 외교통상부 내부에서도 불편한 기색이 역력했고요.

대통령은 이에 아랑곳없이 그에게서 새로운 외교정책을 기대하는 듯했습니다. 21세기에 들어선 첫 해인 그해 6월 역사적인 남북정상회담이 이루어지고 한반도에 새로운 기운이 감돌기 시작할 때였죠. 그는 이 새 조류에 합류한 것입니다. 남한과 북한 사이의 반백년이 넘는 단절상태를 해소하는 해묵은 작업이 진행되기 시작했습니다.

그러나 그해 말에 있었던 미국 대통령 선거에서 보수파인 공화당 후보가 당선되자 한국 대통령의 외교정책은 큰 장애에 부닥치게 됩니다. 소위 네오콘(neo-con)이라고 불리는 강경 보수주의자들이 미국 정계의 중심을 차지하면서, 해빙 무드였던 한반도는 다시 결빙 상태로 돌아가는 분위기였죠.

이런 마당에 다변 중립 외교론의 소신을 가진 그가 외교장관으로서 활동할 입지는 줄어들 수밖에 없었습니다. 그만큼 미국의 영향력은 막강한 것이니까요. 그는 자신이 닦아온 외교 철학을 조국의 땅 위에서 구현해보고자 노력했지만 국제정세의 현실은 만만치 않았고, 결국 대통령의 부담을 덜어주기 위해 장관직을 자진 사임하고 맙니다.

일설에 의하면, 1994년에 미국과 북한 간에 체결되었던 제네바합의에 따라 북한에 건설 중이던 경수로사업을 계속해나갈 것인가를 두고, 미국 국무부와 마찰을 일으킨 것이 직접적인 원인이 되었다고도 합니다. 이로써 그의 관료 생활도 2년여 만에 짧게 끝이 납니다.

그는 결코 정치적 성향이 짙은 사람이 아니었습니다. 정치나 관료는 그의 적성에 맞지 않는다고도 볼 수 있습니다. 단지, 이상과 현실을 일치시켜 보고자 하는 그의 소망이 그를 현실의 일선으로 내몰았던 것입니다.

그는 독일통일을 이끌었던 브란트(Brandt) 수상의 '실천적으로 사고하고 이상적으로 행동하라'라는 말이 적힌 액자를 늘 벽에 걸어놓고 있었습니다. 그러나 이상적으로 행동하라는 그 이상적 표어가 한국에서 통할 시기는 아직 아니었던가 보지요. 역시 독일과 한국은 여러 면에서 풍토가 다른 땅이 아니었겠습니까?

그는 귀국한 지 10년여 만에 눈을 다시 외국으로 돌리게 됩니다.

그의 항해가 다다른 다음 정박지는 국제형사재판소(International Criminal Court)입니다. 네덜란드 헤이그에 있는 국제재판소로, 국제전쟁 범죄, 집단학살, 반인도적 범죄 등 인류에 대한 국제적 범죄를 처벌하기 위한 재판소입니다. 세계 160개국이 참여한 로마 조약에 따라 2002년에 창설된 세계 최고의 권위를 지닌 재판소입니다.

세계적으로 저명한 학자와 법률가들로 선임된 18인의 ICC 초대 재판관들 중에 한국인으로 유일하게 그가 이름을 올린 것입니다. 그의 국제적 명성을 짐작하게 하는 대목이지요. 국내에서도 한국 법학계의 경사라고 하면서 반응이 뜨거웠습니다. 한국에서 국회의원이나 장관을 하는 것보다 그쪽이 그에게는 훨씬 더 어울리는 일인 것으로 보이지 않습니까?

그는 ICC 재판관으로 선임되자 미련 없이 국회의원직을 사임하고 헤이그로 떠나갔습니다. 그가 떠난 자리를 두고 또 보궐선거가 치러졌겠지요. 국회의원을 해보겠다는 사람은 얼마든지 있는 법이니까요.

참, 여기서 그가 벌였던 독특한 사업을 하나 소개할까 합니다. 그의 인간적인 면모를 엿볼 수 있는 일일 것 같아서요.

그는 미혼모를 돕는 일에 특별히 관심이 많았습니다. 그는 이 문제에 대한 자기의 논리를 주위에 열심히 전파하고 다녔습니다. 저도 그의 설득에 감복하여 그 일에 참여했던 사람이지요.

세상에서 아이와 어미를 헤어지게 만드는 것처럼 잔인한 일이 또 있을까요? 아이를 포기하겠다는 사람은 어쩔 수 없지만, 자기가 키워보겠다는 사람에게는 기회를 줘야만 합니다.

한국전쟁이 끝난 지 40년 가까이 흐른 때에 여전히 1년에 만 명씩이나 해외입양을 보내고 있는 나라가 한국이었던 것입니다. 그는 이것을 민족의 수치라고 여겼습니다. 국가가 못 해준다면 시민들이 나서야 한다고 생각했지요.

그는 영국에서 귀국하자마자 이러한 현실을 개선하기 위한 사업을 시작했습니다. '사람 사는 정을 심는 모임'이라는 단체를 구성하고 뜻 맞는 사람들을 회원으로 받았습니다. 돈을 모아 집을 마련하여 여기에서 미혼모와 아이들이 함께 살게끔 했고, 자원봉사자들이 모여서 그들을 뒷바라지 했습니다. 그가 이 사업에 들인 사재만 해도 가늠할 수 없을 정도입니다.

그는 나아가 정부를 상대로 미혼모에 대한 복지정책을 시행하도록 촉구하는 일에도 나섰습니다. 그의 노력이 미혼모 보호에 대한 사회적 관심을 불러일으켰다는 점은 분명합니다. 그가 사회적 관심에서 멀리 떨어져 있던 미혼모 문제에 유난히 집착해서 사업을 벌이는 이유를 사람들은 궁금해 했습니다. 물론 그의 타고난 성품과 휴머니즘 정신 때문이라고 봅니다만, 사실은 그

것 말고도 또 다른 이유가 있지 않을까 하는 것이 제 나름의 생각입니다. 그가 일생을 두고 마음속에 간직하고 살았던 어떤 한 사람의 삶에서 영향을 받았던 것 아닐까요.

그는 국제형사재판소의 초대 재판관으로서 국제적인 명성을 날렸습니다. 그는 화려한 경력과 인맥을 국제무대에서 맘껏 활용했습니다.

전쟁이나 정치적 탄압 같은 치외법권적인 상황에서 행해지기 쉬운 반인도적 범죄를 색출하여 만국공통의 국제법적 차원에서 처벌함으로써 인류를 인간다운 모습으로 보존해야 한다는 그의 신념은, 재판 과정을 통해 또한 언론을 통해 세계로 퍼져나가서 전 세계인의 양심을 울렸습니다.

그는 세심한 휴머니스트이자 엄격한 집행자로 인류 앞에 나선 것입니다.

그는 ICC 초대 재판관 임기를 마친 후 다시 재판관으로 재선임되면서, 이번에는 ICC 재판소장으로 선출됩니다. 세계 최고법원의 수장이 된 것이지요. 국내에서는 또 한 번 화제가 되어 들썩였습니다.

그는 재판소장이 되어서도 소신을 굽히지 않았습니다. 미국, 중국, 러시아 같은 강대국의 국가원수들도 전쟁을 일으키거나 잔혹행위를 지시했다면 차별 없이 국제형사재판소에서 재판을 받아야 한다는 주장을 해서 국제사회에 파문을 일으킵니다. 역시 그다운 발언이었지요.

사실 그런 강대국들은 세계 각지에서 전쟁을 벌이거나 국내에서 잔혹행위를 저지른 사례가 많아서 재판을 받게 될 위험 때문에 오히려 ICC의 근거가 되는 로마조약에 가입을 하지 않고 있지요.

수단, 콩고, 케냐 같은 애매한 아프리카 국가들만 법의 심판대에 서는 현실이 그에게는 불만이었던 것입니다.

ICC 재판소장이 된 직후에 그는 잠시 한국으로 귀국합니다. 그의 귀국은 세인의 열렬한 반향을 수반하는 금의환향이 결코 아니었습니다. 그는 그런 식의 과시를 하는 성격이 아니지요.

바로 그의 아들이 해군장교로 임관하는 임관식에 참석하기 위한 것이었습니다. 그의 아들은 미국에서 출생하여 미국 시민권을 가지고 있었지만 시민권을 포기하고 한국에 와서 대학을 다녔습니다. 대학을 졸업하고는 해군장교를 지원합니다. 아버지의 뒤를 따랐던 것이지요. 그의 아들도 아버지의 애국심과 상무정신을 그대로 본받았다는 증거가 아니겠습니까?

그가 아들의 해군장교 임관식에 참석하고 나서 임지인 헤이그로 돌아가기 직전에 했던 국내 언론 인터뷰에서 기자가 그에게 다음 대통령 선거에 출마할 의향이 있느냐고 묻습니다. 평소에는 그런 식의 질문에 시인도 부인도 하지 않고 넘어가던 그가 그 날따라 단호하게 대답한 것으로 보도가 되었더군요. "No!"라고.

그가 대통령이 되기를 기대하는 사람들을 크게 실망시키는 대답이었습니다. 꼬치꼬치 캐묻는 기자에게 그가 툭 던지듯이 말한 거부의 이유는 다음과 같았습니다.

"한국의 정치는 자존심이 없다. 여기서 정치를 하려면 비굴을 강요당한다. 그리고 이 나라의 언론은 저널리즘 정신이 없다. 균형감각을 상실하여 편싸움에 열중하고 시대정신에 어두워 옥석을 가리지 못한다. 나 같은 백면서생은 여기에 맞지 않는다."

저는 가끔 생각해봅니다. 그의 그러한 출중한 자질과 사상과 능력은 어디에서 온 것일까? 한국인으로서 타고난 것일까요, 외국에서 배우고 익힌 것일까요?

언젠가 어느 외국 언론과의 인터뷰에서 그는 이렇게 말한 적이 있지요.

"나폴레옹을 물리친 웰링턴이 말하기를, 워털루 전투의 승리는 이튼스쿨 교정에서 쟁취되었다라고 했다지요? 난 나의 전투가 승리인지 패배인지까지는 아직 잘 모르겠지만, 오늘까지 흘러온 나의 모습은, 거의가 대한민국 해군에서 군함을 타면서 얻은 것들이 바탕이 되었다는 점만은 확실히 하고 싶습니다."

역시 그의 정신적 고향은 해군에 있었나 봅니다.

17. 해후

우리는 만나기 위해서 헤어지는 것이야.
————————

내 삶은 끝나버린 것이 아니었다. 나는 그를 더 사랑하여도 되
는 것이었다.
————————

바람이 마주 불었다.
나는 젊은 느티나무를 안고 웃고 있었다. 펑펑 울면서 온 하늘
로 퍼져가는 웃음을 웃고 있었다. 아아, 나는 그를 더 사랑하여
도 되는 것이었다.

— 『젊은 느티나무』, 강신재, 1960

5월의 마지막 금요일 오전 10시. 해군사관학교 연병장. 한반도에서 가장 아름다운 해변인 그 광장에서 OCS 106차 임관식이 거행되고 있었다.

광장에 해군 176명, 해병 159명, 335명의 신임장교들이 섰다. 해군은 위아래 모두 흰색, 해병은 위 카키색 아래 녹색의 장교 하정복 차림. 335송이의 꽃이 만개했다. 꽃떨기들이 가로 세로 대각선으로 정확하게 기하학적인 직선을 이루며 화려함을 뽐낸다.

앞바다에는 임관식을 축하해주기 위해 출동한 각종 군함들이 닻을 내리고 정박해 있다. 구축함에서 축하 분수가 뿜어져 나온다. 무지개가 따라서 피어오른다. 관람석에는 축하객들이 가득 찼다.

33년의 세월이 흘렀으나 모든 것이 변하지 않은 그대로이다. 눈앞에 펼쳐지고 있는 광경은 데자뷰가 아니다. 과거 기억 속의 영상과 너무도 유사하기 때문에 이것이 엄연한 현실이라는 사실이 쉬이 실감되지 않을 뿐. 비록 상당한 세월의 간격을 사이에 두긴 했지만 분명히 두 개의 현실이 별개로 존재하고 있었던 것이다.

그 시절에 비해 달라진 것들도 있다. 우선 앞바다에 떠 있는 군함의 종류가 다양하고 크기도 훨씬 더 커졌다는 것이다. 몸체의 대부분을 물속에 담근 채 수면 위로 부상한 잠수함도 보인다.

구축함도 잠수함도 모두 국내에서 건조한 순 국산 군함이다. 미국이 쓰던 중고품 배를 인수해와서 보물단지처럼 여기던 그 시대는 멀리 지나간 것이다.

또, 신임장교들 중에 여성이 다수 포함되어 있다. 그 시절에는 꿈도 꾸지 못했던 일이다. 여성은 아예 군함에 올라오지도 못하게 했었는데 이제 장교임관이라니! 여성 장교가 21명이나 그 자리에 서 있다는 것이다.

계절은 아직 여름이 아닌 봄의 연장선상에 있다. OCS의 교육기간이 18주에서 10주로 줄어들었기 때문이다. 10주의 교육으로 일단 임관을 하고, 그 후에 병과별로 각 부대에 부임해 가서 그곳에서 추가로 전문교육을 받는다. 이에 따라 임관날짜가 7월이 아니라 5월로 당겨졌다.

현은 관람석 중앙에 앉았다. 그날의 임석상관인 해군참모총장의 바로 옆 자리였다. 참모총장 김석찬 대장은 해군사관학교 30기로 현과는 임관 동기였다.

해사 30기와 OCS 65차는 같은 해에 3개월 차이를 두고 임관하여 함께 소위 계급장을 달고 근무했다. 그래서 서로 동기생으로 여기며 지냈고, 전역 후에는 동기회 모임도 함께해왔다. 그 합동동기회의 명칭은 30기와 65차의 결합이라는 뜻으로 '365 동기회'로 정했다.

참모총장은 동기생인 현에게 최고의 예우를 갖춰주었다. 33년 만에 흰 머리칼이 드문드문 난 채로 만난 두 동기생은 단상에 나란히 앉아 임관식을 지켜보면서 틈틈이 허물없는 대화를 이어 갔다.

"장관님이라고 불러야 하나, 의원님이라고 불러야 하나, 아니면 국제재판소 소장님이라고 불러야 하나? 워낙 경력이 화려하니 우리 동기 나리를 뭐라 부를지 모르겠군."

김석찬 총장이 푸념조의 농담을 했다.

"김 총장. 그냥 교수라고 불러주게. 그래도 그게 가장 오래 해본 직업일세."

"하하, 그래. 이 교수, 자네가 임관식에 와주니 한결 빛이 나는군. 와주어서 고맙네. 옛날 생각이 나지? 저기 저 연병장에 우리가 서 있었던 게 바로 엊그제 같은데 말이야."

"아들 녀석 임관식에 애비가 오는 건 당연하지 않은가? 이 순간을 얼마나 기다렸는지 모른다네. 우리 65차 동기생들은 임관할 때 장차 아들을 낳으면 반드시 특교대에 보내기로 맹세를 했거든. 오늘 그 맹세를 지키는 역사적인 날이야."

"이 교수 자네가 부럽네. 난 아들이 없고 딸만 있어서 해군 후계자를 못 보는데 말이야. 그래, 동기생들 중에서 아들을 특교대에 보낸다는 그 맹세를 지킨 사람이 몇이나 되는가?"

"유감스럽게도 지금까진 내가 유일하다네. 아마 더 이상은 없을 거란 생각이 들어. 동기생들이 온통 배신자들뿐이야."

"하하, 맹세를 지킨 자네야말로 행운아가 아닌가? 요즘 젊은 이들이 우리 때와는 달라서 장교보다는 오히려 사병으로 간다고 하네. 현재 OCS 복무기간이 현직 3년에다가 훈련 2개월까지 합하면 38개월인데, 사병은 22개월이거든. 16개월이나 차이가 나지. 그것이 장교복무 지원을 꺼리는 이유가 되지. 우리 때는 장교, 사병 복무기간이 똑같이 3년이었지 않은가? 단지 장교는 훈련기간 4개월만 더 복무하면 됐었지. 그러니 그땐 OCS 지원자가 많이 몰려서 경쟁이 훨씬 더 치열했지."

"그때는 여성이 사관후보생이 된다는 것은 상상도 못 하던 일 아니었나? 세월이 많이 바뀌었군."

"지금 사회는 여성시대야. 군도 여성을 필요로 하네. 몇 년 전부터 OCS 사관후보생의 일정 부분을 여성에게 할당하고 있지. 사관학교 생도 중에서도 10퍼센트 정도는 여성이라네. 최고 수준의 여성들이 장교로 선발되고 있네. 교육과정에서 여성이라고 특혜는 없다네. 행군할 때 배낭 무게를 약간 가볍게 해주는 것 이외에는."

"대단하군. 우리 때는 빳따를 많이 쳤는데 설마 여성 후보생에 게도 빳따를 치는 건 아니겠지?"

"하하. 요즘은 빳따는 절대 못 치게 되어 있다네. 빳따를 치면 폭행죄로 군법회의 감이야."

"빳따 없는 훈련이라면 거저먹기 아닌가? 우린 뭐든지 빳따로 해결했잖아? 그렇지만 빳따가 없어진 건 잘된 일이야. 그건 일 제시대 유물이지. 한국 군대도 많이 달라진 걸 느끼네."

"그렇다네. 그런데 이 교수 자네는 미국 시민권 있는 아들을 우리 해군에 보내다니 참 대단하군. 그 아들도 장하고."

"내 아들은 이미 당당한 대한민국 국민일세. 국민으로서 국방 의 의무를 이행하는 것은 당연한 일이지. 난 저 애가 어렸을 때 부터 머릿속에 주입시켰다네. 넌 이다음에 꼭 대한민국 해군장 교를 가야 한다고. 지금까지 내가 아들 녀석에게 했던 딱 하나의 요구사항이었어. 해군 특교대에만 가주면 그 외에는 네 인생에 아무런 간섭도 하지 않겠다고 약속했지. 다행히 녀석이 내 청을 들어주었어. 아마 자기가 이승현의 아들로 태어났기 때문에 마 주친 운명이라고 생각했나 보지. 난 그런 아들이 자랑스럽다네. 여보게, 김 총장. 내 아들 녀석은 이왕이면 가장 타기 힘든 배에 태워주게나. 제대로 고생을 해야 진짜 남자가 되지 않겠나?"

"정말 아들이 자랑스럽겠군. 훌륭해. 아마 자기 아들 힘든 배 태워달라는 사람은 자네뿐일 걸세. 그렇지만 그건 참모총장이 결정할 문제가 아니네. 자기 성적과 적성에 따라 정해지는 거지. 그런데 자네 아들 말고도 저기 임관자 중에 우리 해사 동기생의 자녀가 한 사람 더 있다네. 아들이 아니라 딸이지. 정하늘 소위라고 하던데. 특이한 이름이지. 임관 성적이 수석을 차지해서 그 이름을 기억하네."

"정하늘이라고? 순한글 이름이로군. 내 아들 이름도 순한글로 되어 있는데. 이한돌이라고."

현에게 퍼뜩 어떤 생각이 들었다. 정하늘! 하늘! 낯선 이름이 아니었다. 30년 동안 가슴에 품어왔던 이름이 아니었나. 현에게 딸이 있었다면 그 이름은 하늘이 되었을 것이다.

"우리 해사 30기 동기생 중에 연대장생도를 하던 친구가 있었어. 정하늘 소위는 그 친구의 딸이야."

김 총장의 말을 듣는 순간 현의 머릿속을 번개 같은 것이 스쳐 지나갔다.

"혹시, 그 동기생 친구 이름이 정한선 아닌가?"

현은 정색을 하고 김 총장을 바라보면서 외마디소리를 지르듯이 말했다.

"맞아. 정한선이야. 이 교수가 어떻게 그 친구 이름을 알지?"

"나하고 53함을 같이 탔었지. 친한 사이였어. 그 정한선의 딸이 저기 있단 말이지?"

"그래. 오늘의 수석 임관자야. 여성으로 수석을 차지하다니, 대단한 장교일세."

"그럼, 정한선도 여기 임관식에 와 있나?"

"아니. 정한선은 지금 이 세상에 없네. 대 간첩선 작전 나갔다가 전사했다네. 벌써 오래전 일이지. 우리 동기생 중에서 미리 참모총장감으로 점찍혀 있던 아까운 인물이었어. 그 대신에 지금 내가 참모총장이 될 수 있었는지도 모르지. 난 연대장생도 밑에 대대장생도밖에 못 했는데 말이야."

김 총장이 연단에 나서서 신임장교들을 향한 훈시를 할 차례가 되어 자리에서 일어나자 두 사람의 대화는 중단되었다. 현은 김 총장의 놀라운 얘기를 듣고 그 여파로 머릿속이 혼란스러워 임관식이 그 다음에 어떻게 진행되는지 가늠하기 어려웠다.

정한선! 지난 세월 내내 머릿속을 맴돌던, 결코 잊을 수 없는 이름이었다. 그런데 그 정한선이 이 세상 사람이 아니라고? 항상 충무공 같은 해군제독이 되겠다고 다짐하던 사람이 아니었던가? 그가 바다 위에서 전사했다는 것이다. 또 하나의 충무공이 되고 싶어서 그랬던가?

이미 오래전에 그는 가고 그의 딸이 해군장교가 되어 저기 연병장에 서 있다고 한다. 갑자기 듣게 된 이 사실을 믿으란 말인가? 그대로 받아들이란 말인가?

현의 구름 속을 헤매는 상념은 김 총장이 현을 관람석 무대 중앙으로 나서게끔 손을 잡아 이끎으로써 끝이 났다. 임관식에 초청을 받아 참석한 귀빈들이 신임장교들을 축하하고 격려하는 순서였다. 그들이 줄지어 차례대로 무대 단상으로 올라와서 귀빈들과 악수를 나누며 지나간다.

현은 수석임관자로서 첫 번째로 관람석 무대 계단을 올라오는 정하늘이라는 여성 장교를 바라보았다. 모자챙 그늘에 반쯤 가려진 얼굴을 살펴보려 집중했다. 어떤 얼굴로 어떤 표정을 짓고 있을지 궁금했다.

정하늘 소위가 옆걸음으로 귀빈들 앞을 하나씩 거쳐서 이윽고 중앙에 있는 현의 앞에 와 섰다. 현은 악수를 청하는 것도 잊고 정 소위의 눈만 바라보았다. 무엇을 찾는 듯이 그 얼굴, 그 눈, 그 입술을 보았다. 그 위로 그 옛날의 영상이 아스라하게 스쳐 지나가는 것을 느꼈다.

현은 알 수 있었다. 그가 누구의 딸인지를. 김 총장으로부터 말을 듣는 순간에는 예감에 그쳤지만, 이제 마주보는 순간 확신하게 되었다.

현이 손 내미는 것도 잊고 서 있자 정 소위가 먼저 손을 내밀었다. 둘은 손을 맞잡았다. 현은 스스로 눈이 붉어지는 것을 느끼면서 말했다.

"정하늘 소위, 축하해요. 내 이름은 이승현이요."

현은 정하늘이라는 이름을 가진 그에게 이승현이라는 자기 이름을 알려주고 싶었다. 정 소위로부터 뜻밖의 대답이 돌아왔다.

"네! 알고 있습니다. 감사합니다."

정 소위는 의미심장한 미소를 지으면서, 어리둥절한 표정을 짓고 있는 현을 남겨둔 채, 손을 빼어 옆자리의 참모총장 앞으로 옮겨갔다. 알고 있다고? 나의 이름을? 어떻게?

정 소위가 지나간 다음에 몇 번째인가 현의 아들 한돌이 다가와서 현 앞에 섰다. 현은 아들의 손을 굳세게 잡으면서 말했다.

"이한돌 소위, 임관 축하한다."

"감사합니다. 우리 아버지!"

'우리 아버지'란 말은 다른 사람에게 들리지 않게 작게 말했다. 한돌 역시 정하늘과 비슷하게 의미심장한 표정을 지으며 옆자리로 옮겨갔다.

공식행사가 끝났다. 신임장교들이 함성과 함께 장교 정모를 허공에 던져 올리는 그 수십 년 된 전통의식도 마쳤다. 그들은 광장에서 기다리고 있는 가족들에게 개별적으로 임관신고를 하기 위해 몰려왔다.

현은 아들 한돌로부터 임관신고를 받았다. 한돌은 현에게 거수경례를 하면서 크게 외쳤다.

"신고합니다. 해군소위 이한돌은 2009년 5월 29일 해군소위의 명을 받았기에 이에 신고합니다."

현은 뜨겁게 한돌을 포옹해주었다. 33년을 기다려온 포옹이었
다. 33년 전에는 바로 이 자리에서 현 자신이 가족들로부터 축
하의 포옹을 받았었다. 지금 현의 아들이 똑같이 그 포옹을 받는
다. 바로 이런 것이 역사의 흐름이고 또 가문의 전승이라는 생각
이 들어 감회가 깊었다.

현의 뒤에는 정하늘 소위가 서 있었다.

"아버지, 동기생 정하늘 소위가 아버지께 임관신고를 올리고
싶답니다. 받아주세요."

한돌이 싱글거리며 말했다.

"그래? 그렇게 하려무나. 정 소위는 가족이 안 오셨나?"

현이 주변을 두리번거리며 물었다.

"정 소위는 가족이 아무도 없어요. 그래서 대신 우리 아버지에
게 신고하려는 거예요."

아들의 말에 현의 가슴이 쿵 하고 내려앉았다.

"가족이 안 계신다고?"

"네. 부모님 두 분 다 돌아가셨어요. 정 소위 아버님은 해군 중
령이셨는데 조국의 바다를 지키다가 전사하신 영웅이랍니다."

두 분 다 돌아가셨다고? 정한선이 이 세상 사람이 아니라는
말은 조금 전 김 총장으로부터 들었다. 그런데 이제 정한선의 아

244

내인 그녀마저 세상에 존재하지 않는다는 말인가?

현은 한 번 내려앉았던 가슴이 더 깊숙이 무너져 내리는 것을 느꼈다. 그 무너진 잔해 틈을 비집고 현은 가까스로 정신을 가다듬어 말했다.

"그래. 영웅 아버지를 대신해서 내가 임관신고를 받아주마. 어디 한번 힘차게 해보게나."

정 소위는 절도 넘친 거수경례와 카랑카랑한 목소리로 현에게 임관신고를 했다.

"신고합니다. 해군소위 정하늘은 2009년 5월 29일 해군소위의 명을 받았기에 이에 신고합니다."

현은 그 신고에 거수경례로 답해주었다. 마치 정한선 중령과 마주서서 경례를 교환하는 듯이 꼿꼿이 선 자세로.

현은 흰 제복을 입은 정 소위의 모습 위로 33년 전 그 자리에 서있던 이의 모습이 겹쳐지는 것을 보았다. 경쾌한 흰 원피스를 입고 흰 장미 꽃다발을 손에 든 그녀의 모습이었다.

어느새 현의 뺨 위로 눈물이 흘러내렸다. 현은 그것을 굳이 감추지도 닦아내지도 않았다.

"그런데 정 소위, 자네가 아까 내게 한 말, 내 이름을 알고 있다는 그 말은 무슨 뜻인가?"

정 소위가 얼굴을 붉히며 답했다.

"네, 이 소위 아버님 존함은 평소부터 알고 있었습니다. 워낙 유명하신 분이잖아요. 그리고 어머니께서 생전에 아버님에 대해 말씀하신 적이 있어요. 옛날에 알던 분이라고. 훈련 받을 때 이 소위가 자기 아버지 자랑을 하는 말을 얼핏 듣다 보니, 어머니께서 말씀했던 그분이 바로 이 소위 아버님인 줄 알게 됐습니다. 아까 임관식이 시작되기 전에는 단상에서 참모총장님 옆에 앉아 계신 것을 보고 이 소위가 저분이 아버지라고 귀띔해 줬습니다. 평소에 만나보고 싶었던 분을 오늘 직접 뵙고 임관신고까지 드리게 되어서 영광입니다."

정 소위의 어머니라면 필시 주, 그녀일 것이다. 그녀가 내 얘기를 했다고? 옛날에 알던 분이라고 했다고?

현은 일순 기묘한 기분에 휩싸였다. 사방에서 무엇인지 모를 감정과 자극이 마구 몰려와 회오리바람이 되어 현을 어디론가 멀리 태워가는 것 같았다. 시간과 공간이 마구 엉켜서 현실과 상상이 구별되지 않았다. 현은 기어코 머나먼 과거와 만난 것이다. 전혀 예측하지 못한 시간과 장소에서.

결국 이렇게 마주치게끔 되어 있었단 말인가? 김은주를, 정한 선을, 그리고 현 자신이 그때 정해놓았던 이름을 가진 정하늘을. 이것을 진정 해후라고 할 수 있을까?

정하늘 소위는 서울에서 일주일간의 임관휴가를 이한돌 소위와 함께 보냈다.

하늘은 서울에 따로 집이 없었다. 현은 한돌의 청을 받아들여 하늘을 위해 집에 방을 하나 내주도록 했다. 자연히 현은 하늘과 많은 얘기를 주고받게 되었다.

하늘은 현이 그동안 궁금히 여기던 것들을 풀어주는 열쇠 역할을 했다. 현은 마음을 졸이며 하늘의 얘기를 들었다.

우선, 하늘과 한돌 두 사람 사이에 대해 들었다. 하늘과 한돌은 사관후보생대 훈련 중에 처음 만났다고 했다. 우연치고는 운명 같은 우연이었다. 둘은 훈련 과정에서 점차 친해졌다. 하늘은 남자 사후생들 사이에 인기가 높아서 모두 그녀를 가까이 해보려고 경쟁을 벌였다. 그러나 최종승자는 한돌이라는 데 동기생들 간에 이의가 없게 되었다.

하늘은 한돌의 아버지가 누구라는 것을 알게 된 후로는 유난히 한돌의 아버지에 대해 관심을 보였다. 하늘이 한돌에게 말해주기로는, 하늘의 어머니와 한돌의 아버지는 옛날에 서로 아는 사이였다는 것이다. 어떻게 아는 사이인지는 하늘도 자세히 모른다고 했다.

둘에게는 공통점이 있었다. 둘이 다 연세대학교 동문이었다. 한돌은 경영학과이고 하늘은 문헌정보학과. 하늘은 해군에서 전역하면 로스쿨에 들어가서 법학, 그중에서도 저작권법을 공부할 계획을 갖고 있었다. 하늘의 그 계획을 듣고 한돌이 귀가 솔깃하여 자기도 로스쿨에 들어갈 가능성을 배제하지 않는다고 했다.

둘이 다 해군장교가 될 생각을 한 것이 부모의 영향 때문이었다는 것도 공통점이었다. 한돌은 아버지로부터, 하늘은 어머니로부터, 늘 해군 얘기를 들으며 자랐다. 하늘은 아버지가 어렸을 적에 돌아가셔서 아버지로부터 해군 얘기를 들을 기회는 없었다.

대신 하늘의 어머니가 항상 해군에 대한 얘기를 들려주었다. 어머니는 자기가 남자였다면 멋진 제복을 입은 해군장교가 되고야 말았을 거라고 했단다. 하늘은 어머니의 얘기를 들으며 언젠가 어머니 대신에 자신이 해군장교가 되는 꿈을 가슴에 담게 되었다.

그 꿈이 실현될 기회가 찾아왔다. 하늘이 대학 1학년 때인 2005년, OCS 100차부터 여성에게 문호가 개방되었다. 여성도 해군장교에 지원할 수가 있게 된 것이다.

그러자 어머니는 딸에게 간곡하게 권유했다. 먼저 가신 아버지의 뒤를 이어 해군장교가 되어 달라고. 기본 복무기간인 3년 동안이라도 해군장교로 복무하는 딸의 모습을 보는 것이 일생의 소원이라고 했다.

"그 당시 어머니는 몹시 편찮으신 몸이었어요. 전 어머니를 낫게 해드리기 위해서라도 그 소원을 들어 드리겠다고 약속을 했어요. 제 약속에 어머니는 매우 기뻐하셨고 기대에 차 계셨어요. 그러나 어머니는 결국 저의 해군장교 임관을 보지 못한 채 하늘 나라로 가시고 말았지요."

하늘은 이 말을 하면서 눈물을 참지 못했다. 현은 하늘의 손을 살포시 잡아주었다.

"그래서 그날 어머니 대신에 나한테 임관신고를 했구나. 하늘 나라에 계신 어머니도 흐뭇해하실 거다."

하늘은 눈물어린 얼굴로 현을 쳐다보며 고개를 끄덕였다. 임관식장에서 보였던 특유의 그 미소를 지으면서.

현은 하늘로부터 지난 30년 세월의 편린을 듣게 되었다. 마치 숨겨진 전설을 캐내는 것 같았다.

주는 마지막 편지를 현에게 보내온 지 1년가량 후에 정한선과 결혼을 했다. 그것은 당시 미국에 있던 현도 소문을 들어서 알고 있었다. 현은 그 소식을 들은 후 부모님이 권유하는 대로 미국 동포 가문의 여자와 결혼을 했고, 미국에서 공부를 마친 후에도 한국으로 귀국하지 않고 일본으로 가서 공부를 계속했다. 그리고 앞으로 한국에는 돌아가지 않으리라 결심했다.

주는 결혼 후 그린하우스를 닫고 진해에서 피아노 교습을 시작했다. 주는 뛰어난 선생님이었다. 20년간 많은 제자를 길러냈다. 주의 가르침을 받아 진해 출신으로서 중앙무대에 진출하는 피아니스트들이 생겨났다.

결혼 이듬해 태어난 외동딸이 하늘이었다. 하늘도 어려서 뛰어난 피아니스트 자질이 보였지만, 주는 딸로 하여금 자기가 갔던 길을 가게 하지 않았다. 그리고 진해에 놓아두지도 않았다. 하늘은 중학교부터 서울에서 혼자 하숙을 하며 학교를 다녔다.

하늘이 초등학교에 들어가기 전에 아버지 정한선 소령이 하늘나라로 갔다. 구축함 포술장으로 근무하던 정 소령은 서해 흑산도 근해에 침투한 간첩선과 교전을 하던 중 유탄에 맞아 전사했다. 정한선은 중령으로 추서되었고 화랑무공훈장이 유족에게 전해졌다. 정한선 중령은 해군참모총장의 꿈을 가슴에 안은 채 대전국립묘지에서 영원한 안식을 얻었다.

주는 진해를 떠나지 않고 제자들에게 둘러싸여 살았다. 주에게는 또한 해군이 있었다. 주는 해군을 위해 음악회나 바자 같은 행사를 많이 열었다. 해군 유족을 돕는 단체를 만들어 활동을 했다. 주는 해군 사이에서 '해군의 이모'라는 애칭으로 불렸다.

주의 주변에는 항상 사람들이 넘쳤고, 주는 누구한테서나 칭송을 받았다. 주의 생애는 결코 슬프거나 외롭지 않았다. 그러한 어머니에 대해 하늘은 무한한 자부심을 느꼈다. 주는 하늘에게 가장 훌륭한 친구요 스승이었다.

그러나 주의 생명도 길지 않았다. 하늘이 대학에 들어가던 해에, 주는 자신에게 찾아온 병이 낫지 못할 것이라는 사실을 알게 되었다.

주는 그 사실을 알자마자 주저 없이 그동안 평생을 두고 한 번 살아보고 싶어 했던 땅으로 가기로 했다. 바로 지중해의 따뜻한 섬 마요르카였다. 마요르카는 주에게 마지막 안식처가 되었다.

"그래, 주. 그대는 마요르카라는 섬을 항상 마음에 그리고 있었지."

현은 하늘로부터 그 얘기를 들으면서 고개를 끄덕였다.

일주일의 임관휴가가 끝나고 한돌과 하늘은 각자의 임지로 떠났다. 한돌의 병과가 전투병과인 항해과인 것은 현의 아들로서 당연했다. 한돌이 탈 배는 문무대왕함이었다.

2004년 취역한 KDX-Ⅱ, 최신 구축함으로 설계와 건조를 국내에서 한 순수 국산 함정이다. 공격, 방어용 미사일망을 완비했고 적의 레이더망을 피하는 스텔스 기능을 갖추었다. 세계 어디에 내놓아도 손색이 없는 군함으로서 우수한 한국 방위산업의 상징이다. 문무대왕함은 해군작전사령부 부산기지전대에 배속되어 부산을 기항지로 삼았다.

하늘은 정훈병과였다. 근무지는 계룡 시에 있는 해군본부 정훈과. 하늘은 돌아가신 아버지가 계신 대전국립묘지가 가까워 자주 찾아뵐 수 있을 거라고 하면서 좋아했다.

두 장교가 임지로 가기 위해 현에게 경례를 한 후 돌아서서 나란히 걸어가는 뒷모습을 지켜보면서, 현은 이상한 운명에 얽혀 있는 자신을 발견하게 되었다. 저 두 사람의 모습에서 그 옛날 우리 두 사람 모습의 잔영을 본다고 하는 것이 가능한 일일까?

가능한 일일지도 모른다. 그렇다면 이것을 해후라고 할 수도 있을 것 같았다.

18. 편지

한 잔의 술을 마시고

우리는 버지니아 울프의 생애와

목마를 타고 떠난 숙녀의 옷자락을 이야기한다

목마는 주인을 버리고

그저 방울소리만 울리며

가을 속으로 떠났다

술병에서 별이 떨어진다

상심한 별은 내 가슴에 가벼웁게 부숴진다

그러한 잠시 내가 알던 소녀는

정원의 초목 옆에서 자라고

문학이 죽고 인생이 죽고

사랑의 진리마저 애증의 그림자를 버릴 때

목마를 탄 사랑의 사람은 보이지 않는다

— 「목마와 숙녀」, 박인환, 1950

잠깐의 세월은 다시 흘러갔다. 세월의 기억은 강물이 되어 지나가 버리고, 사람만이 그대로 강변에 앉아 다시 그 자리를 지나가는 오늘의 강물을 바라다본다.

변한 것이 많아도 결국 변한 것은 없다. 강물도 그렇고, 인간세상도 그렇고, 나 자신도 그렇다. 모든 것이 합쳐져 단일체를 이루는 것이다. 모든 사물이 결국은 단일체라면, 시간의 흐름도 멈추어 선다. 시간도 공간도 사물도 없이 존재하는 것이 우주이다.

흘러가는 강물이 내는 소리에서 우주의 원천적인 소리를 듣는다. 바로 '옴'의 음성이다.

케임브리지 캠 강변에서 듣던 그 소리. 하버드 야드의 벤치에 앉아서, 그녀가 한국 남쪽 바닷가에서 보내온 마지막 편지를 주머니에서 다시 꺼내어 읽을 때, 그때에도 머릿속 혼돈을 뚫고 타이르듯 들려오던 그 소리.

사람의 삶은 결국 그 우주의 소리를 듣기 위해 방랑을 하는 과정이었던가?

현은 라인 강변으로 가서 더 큰 강물을 만났다. 수많은 시간과 공간을 훑어가며 흘러온 역사의 증인 라인 강. 유럽대륙의 남쪽 알프스에서 발원한 강물은 북으로 북으로 흘러 스위스, 오스트리아, 독일, 프랑스, 네덜란드를 거쳐 유럽의 북쪽 끝 바다 북해에 이른다. 현은 그곳에서 현묘한 우주의 소리를 듣기를 원했으나, 들려오는 소리는 온통 피와 고통으로 얼룩진 인간세상의 아우성뿐이었다.

현은 ICC 본부가 있는 라인 강변의 헤이그에서 거센 역사의 물줄기와 마주쳤다. 현은 이것이야말로 모든 지혜와 에너지를 바쳐야 할 최상의 과업이라고 여기고 최선을 다했다. 물줄기는 거셌다.

수단의 알바시르 대통령에 대한 체포영장이 청구되었다. 수단 내전에서 30만 명이 사망한 다르푸르 사태에 대해 대량학살 혐의가 적용되었다.

현은 담당 재판장으로서 고심 끝에 체포영장을 발부했다. 그러나 영장은 집행되지 못했다. 한 나라의 현직 대통령에게 국제형사재판소의 사법권이 작동하는 데는 한계가 있다. 신병이 확보되지 못한 채 그대로 재판은 진행될 것이다.

그 사건을 둘러싸고 세계는 시끄러워졌다. 당장 미국과 중국의 입장이 극단적으로 상반되었다. 수단 대통령의 처벌을 미국은 지지했고 중국은 반대했다. 저마다 이해관계에 따라 다른 태도를 취했다. 수단의 풍부한 석유매장량도 강대국과 관련된 이해관계 중의 하나였다.

미국과 중국은 여전히 자기들의 입장을 고수하며 로마조약 가입을 거부한 채였다. 국제사회에 정의는 존재하는가? 국내법뿐만 아니라 국제법에도 정의와 불의를 나누는 피레네 산맥이 존재하는 것이 아닌가? 현의 회의는 깊어져갔다.

한돌과 하늘의 사이는 점점 심화되어가는 것 같았다. 현은 어쩔 수 없다는 마음으로 그들을 지켜보고 있었다. 현과 그녀가 작별을 고했다가 해후를 하는 것이 운명이었다면 이런 식으로 흘러갈 수밖에 없을 거란 생각이 들었다. 그녀가 그토록 싫어했던 약속이란 방식이 아니라면 말이다. 운명이라면 그녀 역시 거부할 수 없을 것이다. 아니, 이런 운명을 고대했는지도 모른다.

하늘이 현에게 편지를 보내왔다. 현은 라인 강변에서 그 편지를 받아 읽었다.

"한돌의 아버님을 제가 아버지라고 불러도 괜찮지요? 감사합니다. 허락해주시는 걸로 알겠습니다. 아버지께 이제는 말씀드려도 좋을 얘기가 있답니다. 아니. 꼭 말씀드려야만 할 얘기일 것 같아요.

어머니는 아버지를 사랑하셨어요. 저의 친아버지가 아닌 한돌의 아버지를 말입니다. 어머니는 물론 저의 아버지도 사랑하셨지만, 오히려 한돌 아버지를 더 많이 사랑하신 건 아닌가하는 생각이 듭니다.

어머니는 평소 언론에 비치는 아버지를 대하면 늘 말씀하셨어요. 참 훌륭한 분이라고, 난 저분 좋아한다고 말이에요. 그래서 전 어렸을 적부터 이승현이라는 아버지의 이름자를 잘 기억하게 되었답니다. 한 번도 뵌 적이 없는 분을 마치 퍽 친숙한 분인 것처럼 생각하게 되었지요.

그러다가 어머니가 심하게 편찮게 되었을 때 제게 모든 것을 솔직하게 말씀해주셨어요. 아버지를 사랑하셨다고, 사랑하고 있다고 말씀하셨어요. 처음 만났던 순간부터 첫눈에 사랑하기 시작했고, 앞으로 죽는 날까지 변함없이 사랑할 거라고요.

그리고 지난 얘기를 다 해주셨답니다. 어머니는 아버지를 사랑했기 때문에 떠나보내 드렸다고 했지요. 아버지께서 어머니에게 얘기해주셨다는 희랍신화 있잖아요. 오디세우스와 칼립소의 얘기도 들려주셨어요.

전 어머니가 아버지를 사랑했다는 그 얘기를 들으면서 조금도 이상하게 들리지 않았어요. 어머니 얘기 속의 아버지는 이미 제게 친숙한 분이었거든요. 제가 어렸을 적부터 막연히 아버지에 대해 친숙한 느낌을 품고 있었던 것이 이유가 있구나 하고 일종의 안도감마저 들더라고요.

참, 하늘이라는 제 이름도 아버지께서 지으신 것을 그대로 따른 것이라고 하셨어요. 아버지께서 딸을 낳으면 이름을 하늘이라고 짓겠다고 하셨다면서요? 그렇게 하기로 서로 약속까지 하셨다면서요? 좋은 이름 지어주셔서 감사합니다.

전 언젠가 한 번 아버지를 만나보고 싶어 했습니다. 만나서 아버지도 어머니를 그만큼 사랑하고 있을까 확인하고 싶기도 했어요. 그러나 사실 그런 기회가 쉽게 오리라고는 기대할 수 없었지요. 제가 한돌을 만나지 못했다면, 저 스스로 아버지를 찾아가서 뵈었을지도 몰라요.

그런데 그 전에 한돌을 만나게 되었고, 이렇게 아버지도 만나게 된 것이에요. 세상에 이런 행운이 어디 있겠어요?

어머니는 왜 제게 그런 얘기를 해주셨던 것일까요? 어떤 목적이 있었던 것은 아니고 그저 제게 말해주고 싶을 뿐이었을 거예요. 어머니는 그 얘기를 남기고 버킷리스트 1번이었던 마요르카로 가서 그곳에서 2년을 지내시다가 돌아가셨어요. 어머니는 마요르카에서 무척 행복해하셨고 평안 속에 잠드셨지요.

어머니가 그 후 제게 다시 아버지 얘기를 꺼낸 적은 없었지만, 아마 아버지를 많이 그리워하셨을 거로 짐작합니다. 전 어머니가 그토록 사랑하는 사람을 간직하고 살았다는 것이 부럽답니다. 그런 의미에서 어머니는 행복한 삶을 사셨다고 생각해요.

전 어머니와 약속한대로 해군장교가 되기 위해 대학을 졸업한후에 OCS에 들어갔습니다. 거기서 이한돌 사후생을 만난 거예요. 저와 같이 순한글 이름인데다가 귀에 많이 익숙한 이름이었어요. 어머니가 아들을 낳았으면 한돌이라고 이름을 지었을 거라고 했던 말이 기억났거든요.

마침 같은 대학 출신이기도 해서 얘기를 걸어봤어요. 그러다가 아버지 성함을 듣게 되었어요. 한돌의 아버지 성함이 이승현이라는 거예요. 언론에 자주 나오던 그분이 바로 한돌 사후생의아버지라는 것이었죠. 전 거의 기절할 뻔했답니다. 세상에 그런우연도 있나요? 아니, 행운이라고 표현해야겠지요.

한돌 사후생을 만난 후 저의 OCS 훈련은 퍼즐을 맞추는 흥미진진한 게임으로 변해버렸어요. 훈련에 쫓기느라 서로 아버지에 관해 긴 얘기는 나누지 못했지만, 전 한 가지만 확인하고자했습니다. 임관식에 아버지가 오시는 것으로 되어 있는지를 말입니다. 한돌 사후생은 자신 있게 대답했어요. 헤이그에 넉넉하게 시간 여유를 두고 초청편지를 보냈고, 아버지로부터 꼭 참석하시겠다는 답장도 받았다는 거였죠.

전 임관식 날짜를 손꼽아 기다렸습니다. 아버지를 뵙고자 하는 오래된 소망을 이룰 그날이었으니까요. 전 좋은 모습으로 아버지를 뵙기 위해 수석 임관을 노리고 교실에서 하는 강의시간에도 졸지 않고 열심히 공부했답니다. 저의 수석 임관은 아버지 덕분인지도 모르겠어요.

아버지께선 임관식 단상에서 저와 악수를 나눌 때 아버지의 성함을 제게 말씀해주셨지요. 단상의 VIP가 신임장교에게 자기 이름까지 알려준다는 것은 이례적인 일이잖아요? 전 무척 신기하면서도 기뻤답니다.

임관식을 마친 후 연병장에서 임관신고를 어머니 대신에 아버지에게 드릴 때에 전 얼마나 감격했는지 몰라요. 하늘나라의 어머니도 기뻐하셨을 거예요.

임관휴가를 한돌과 함께 아버지 댁에서 보내게 해주신 것도 감사합니다. 그 덕에 아버지와 많은 대화를 나눌 수 있었지요. 지금 이런 편지를 쓸 수 있는 것도 아버지께서 기회를 허락해주신 덕분입니다.

한돌과는 좋은 관계로 잘 지내고 있습니다. 한돌은 제게 점점 더 믿음직한 존재가 되고 있답니다. 그 옛날 어머니가 아버지에게 가졌던 느낌도 이런 것 아니었을까요? 아들은 아버지를 닮는

다지 않아요?

아버지, 이 말씀 드리는 거 용서해주세요. 혹시 걱정 끼쳐 드리는 것 아닌가 두렵지만, 말씀드리지 않을 수 없어요.

전 어쩌면 한돌을 사랑하게 될지도 몰라요. 그런 예감이 들기 시작해요. 이것이 우연일까요? 우연이라도 피하지 못할 것이라면 필연이라 할 수 있지 않을까요? 요즘 전 운명이란 단어를 종종 머리에 떠올리게 되었어요. 저의 당돌한 말씀에 거듭 용서를 바랍니다. 그리고 이해해주시기를 바라고, 받아주시기를 간절히 바랍니다.

여기 동봉하는 편지 꾸러미는 어머니가 돌아가시기 직전에 마요르카에서 제게 보내면서 보관해달라 부탁하신 것입니다. 편지 봉투를 보니 모두 발신인으로 아버지 성함이 적혀 있었어요. 오래된 흔적이 있고요. 어머니가 아버지로부터 받았던 편지를 고이 모아둔 것 같습니다.

이 편지들은 오로지 두 분만의 것이라고 전 생각해요. 그래서 원래의 주인인 아버지에게 돌아가는 것이 옳다고 여겨 아버지께 그대로 보내드립니다. 아마 어머니도 이렇게 되기를 원하실 거라고 생각합니다.

어머니는 마요르카에 계시는 2년 동안 한 달에 한 번꼴로 제게 '기행문'이라는 제목으로 편지를 보내셨죠. 그 마지막 기행문을 보내면서 따로 편지 한 통을 써서 함께 보내왔어요. 봉투에 수신인으로 아버지 성함이 적힌 편지였어요. 마요르카에서 어머니가 아버지께 쓴 편지 같습니다.

제가 이 세상을 살아가면서 언젠가 혹시 아버지를 만나게 된다면 이 편지를 아버지께 전해 달라는 부탁을 하시면서, 그 편지를 저에게 보내셨어요. 이제 어머니의 부탁을 들어드릴 수 있게 되어 전 너무 행복하답니다. 그 일이 가능하리라고 믿지 못했었는데 기적이 일어난 기분이에요.

굳게 봉함이 되어 있는 이 편지를 아버지께서 직접 열어봐 주세요.

잠들어 있던 어머니의 영혼이 풀려 나올 수 있게끔."

현은 놀랍고도 감동에 찬 하늘의 편지를 숨 한 번 크게 쉬지 않고 단숨에 읽어 내렸다. 마치 판도라의 상자를 열어놓은 것 같은 편지였다. 마법의 비밀이 풀려 속살을 보이는 듯했다. 비로소 그날 임관식장에서 하늘이 현을 향해 지어 보였던 그 의미심장한 미소의 의미를 이해할 수 있을 것 같았다.

하늘이 보내온 우편물에는 편지 꾸러미가 들어 있었다. 여러 개의 편지봉투를 푸른 리본으로 띠를 둘러 묶어놓은 것이었다.

봉투마다 앞면의 발신인은 '현'으로, 뒷면의 수신인은 '주'라고
되어 있었다. 해군시절과 유학시절에 현이 그녀에게 보냈던 편
지를 그녀는 모두 모아 보관해두었던 것이다.

봉투를 묶은 푸른 리본에는 검은 글씨로 'Moja bieda'라고 알
파벳 문자가 적혀 있다. 그런데 bieda라는 글자 위로는 그 글자
를 지우는 가로선이 그어졌고, 그 위쪽에 한글로 '기쁨'이라고
써놓았다. bieda를 기쁨으로 수정한 것이다.

현은 그 푸른 리본과 그 위에 쓰인 글자를 보는 순간, 그녀가
언젠가 들려주었던 쇼팽의 이야기를 떠올렸다. 쇼팽은 첫사랑
마리아와 이별을 한 후 마리아가 보냈던 편지를 모아 리본으로
묶어 평생을 간직하고 살았다. 그 리본 위에 'Moja bieda(모야 비
에다)'라고 써 놓았다. 폴란드어로 나의 슬픔이란 뜻이다.

그녀도 처음엔 푸른 리본 위에 쇼팽처럼 '모야 비에다'라고만
썼을 것이다. 그 후 언제인가 비에다를 지우고 기쁨이라고 써넣
었을 것이다. 언제쯤이었을까? 슬픔이 기쁨으로 변한 것은?

그 편지 묶음 중에서 어떤 편지는 30년을 훌쩍 넘긴 것도 있었
다. 그런 세월이 흘러간 것이다. 현은 세월의 흔적을 간직한 편
지봉투를 하나하나 조심스럽게 어루만졌다. 그 속에 고이 잠들
어 있는 그 시절의 꿈을 깨울까 봐 차마 봉투를 열어 읽어보기가
두려웠다.

대신 그녀가 마요르카에서 마지막으로 현에게 썼다는 편지에 눈길이 갔다.

봉투의 색깔이 훨씬 선명했다. 그녀의 숨결이 아직 살아 있는 듯했다. 왈칵 그리움이 솟아올랐다. 현은 그 편지봉투를 서둘러 개봉했다.

"나의 현. 정말 오랜만에 당신에게 편지를 쓰네요. 당신이 이 글을 읽게 될지는 모르겠지만. 그래도 마지막 인사는 드리고 싶어요. 더 기운이 떨어져서 아무것도 하지 못하게 되기 전에.

그동안 당신이 나에게 보냈던 편지는 하나도 버리지 않고 잘 모아두었답니다. 이곳에 와서 틈틈이 꺼내 읽어보곤 했지요. 우리가 편지를 주고받은 시간은 몇 년 되지 않았지만, 그 기억과 추억은 몇십 년을 생생하게 살아 있네요.

그 행복을 고스란히 담고 있는 소중한 선물이에요. 쇼팽이 했던 것처럼 리본으로 편지를 묶어두었어요. 이 편지 묶음이 행여 당신에게 전해진다면, 부디 잘 간직해주세요.

당신이 이름을 지어준 내 딸 하늘이에게 보관시켜 놓을게요. 혹시 운명의 신이 나서서 도와준다면 당신이 내게 주셨던 이 선물이 당신에게 다시 돌아갈 수도 있겠지요.

편지를 묶은 리본에 쓴 글자 '모야 비에다'에 대해 전에 내가 얘기해준 것 기억하시겠지요? 쇼팽이 첫사랑 마리아로부터 받았던 편지를 묶어두었다는 것 말이에요. bieda는 슬픔이란 뜻인데, 난 그 글자를 지우고 한글로 기쁨이라고 바꿔놓았어요.

오해하지는 말아 주세요. 나중에 시간이 지나서 나서 슬픔을 기쁨으로 고친 것은 아니에요. 난 처음에 그 글자를 써넣을 때부터 비에다 알파벳을 지우고 기쁨이라고 고쳐놓았답니다. 쇼팽이 리본에 썼던 폴란드 글자 Moja bieda를 본 따서 그대로 썼던 것뿐이에요.

맹세컨대 나에게는 당신이 처음부터 지금까지 기쁨이었어요. 슬픔이었던 적은 한 번도 없었어요. 믿어주세요.

마요르카에 온 지 어언간 2년 가까이 되었어요. 모든 것을 버리고 이곳으로 오기로 한 결심이 내 인생에서 마지막으로 내린 최고의 선택이었다고 생각해요.

이곳이 어떤 곳인지 당신은 모르실 거예요. 쇼팽이 말한 대로 세상에서 가장 아름다운 곳이죠, 쇼팽은 더없이 아름다운 것들에 둘러싸여 행복했어요. 주옥같은 곡을 많이 작곡했고 아픈 몸도 많이 회복했어요.

나도 이곳에 와서 건강을 되찾은 기분이었어요. 덕분에 예상했던 것보다 더 오래 이곳에 머무를 수 있게 되었지요. 쇼팽이 단 97일밖에 머무르지 못했던 것에 비교하면 말할 수 없는 행운이에요.

단지 쇼팽에게는 영원한 연인 상드가 함께 와서 지냈지만 난 혼자였답니다. 마음속으로만 당신과 함께했을 뿐이지요.

난 바이데모사(Valldemossa)라는 산마을에서 살아요. 쇼팽이 연인 상드와 함께 지냈던 아름다운 마을이에요. 수백 년 된 성당이 있고, 옛날 왕의 별장도 있어요. 푸른 숲 사이로 주황색 지붕을 가진 돌집들이 점점이 박혀 있어요.

쇼팽과 상드는 사람들의 눈을 피해 성당 옆 카르투하(Cartuja) 수도원에서 숨어 살았죠. 지금은 사람들이 많이 찾아와요. 모두 쇼팽을 찾아오는 거예요. 나 역시 쇼팽을 찾아온 사람이니까.

기억하세요? 내가 쇼팽이 연인과 함께 도망가서 살았다는 곳에 가보고 싶어 했던 것을. 죽기 전에 그곳에 가서 죽음을 기다리고 싶어 했던 것을.

그러자 현 당신이 말했지요. 그 섬이 오디세우스가 항해를 하다가 들렀던 섬일 수도 있다고 했어요. 그리고 언젠가 우리가 함께 가볼 날이 있을 거라고도 했어요. 난 내 소망대로 죽기 전에 이곳에 왔는데, 현 당신은 아직 오지 못하고 있네요.

현 당신 말대로 이 섬이 오디세우스가 방랑 중에 들렀던 섬일

지도 모른다는 생각이 들어요. 요정 칼립소와 7년을 함께 살았다는 그 섬 말이에요. 지중해 서쪽 세상의 끝 지브롤터 해협 부근에 있다고 했잖아요? 지브롤터는 이곳 마요르카에서 멀지 않은 곳 아니던가요? 해변으로 나가보면 칼립소와 오디세우스가 살았다는 절벽 밑 동굴처럼 생긴 곳이 많이 있답니다.

칼립소는 오디세우스를 보내주고 혼자서 섬을 지키며 살았지요. 나도 당신 없는 섬에서 혼자 사네요. 역시 우린 오디세우스와 칼립소의 운명을 타고났나 봐요. 내가 칼립소가 했던 것처럼 순풍을 불어주며 당신을 보내드린 것은 참 잘한 일이었지요?

당신이 생각나고 옛 추억이 그리우면 절벽 밑 해변을 찾아갑니다. 여기서는 깔라 드 바이데모사(Cala de Valldemossa)라고 해요. 바이데모사 해변이란 뜻이죠. 쇼팽이 상드와 함께 산책을 자주 나갔다는 곳이에요. 거센 지중해의 파도가 밀려와서 해변의 조약돌을 덮치는 모습을 보면 가슴이 한결 시원해지지요. 그리운 사람을 맘껏 그리워하기에 좋은 바닷가예요.

난 마요르카에 올 때 우리가 한국에서 자주 듣던 노래들을 카세트테이프에 녹음해서 가지고 왔어요. 해군이 좋아하던 노래도 있고, 우리 또래 젊은이들이 좋아하던 노래도 있어요.

사이먼 앤 가펑클의 〈The Boxer〉는 당신이 나에게 가르쳐준 노래이고, 조안 바에즈의 〈Seven daffodils〉는 내가 당신에게 가르쳐준 노래였지요.

그 노래들을 여기 깔라 드 바이데모사 해변에서 듣곤 해요. 석양이 지는 때에 〈일곱 송이 수선화〉 노래를 들으면 마음이 평온해진답니다. 내가 당신에게 드리고 싶은 것을 이 노래가 전부 대신해서 말해주고 있는 것 같아요. 당신과 함께 부르던 노래를 혼자서 읊조리지요.

그 해변에 오래된 레스토랑이 하나 있어요. 'ES PORT'라는 팻말이 크게 붙어 있는 레스토랑이에요. 지중해에서 잡히는 여러 가지 해산물을 섞은 요리가 맛있어요.

현 당신과 함께 그 레스토랑 테라스에 앉아서 옛날 얘기 하면서 마요르카에서만 나는 까예뜨(Callet) 와인을 마시고 싶어요.

아, 이런 소원이 단 한 번만이라도 들어진다면 난 당장 죽어도 여한이 없을 거예요. 모든 것이 다 여기 있는데 단 하나 당신만 내 곁에 없군요.

그래도 난 여기서 좋은 사람들을 많이 만났어요. 마요르카 사람들은 이곳 자연을 닮아 정이 많고 친절하답니다. 마을 사람들도 나를 좋아해서 나에게 퍽 잘 대해주지요.

내가 쇼팽을 연주하는 것이 큰 도움이 되었어요. 난 가끔 그들 앞에서 연주를 할 기회가 있었어요. 먼 동양의 여자가 혼자 와서 살면서 쇼팽을 연주한다는 것이 그들에겐 퍽 신기하게 여겨졌나 봐요.

쇼팽은 진정 나의 천사예요. 당신을 만나게 해주었고, 마요르카에서 살게 해주었잖아요.

바이데모사는 쇼팽의 마을이에요. 쇼팽이 살던 카르투하 수도원이 중심이 되지요. 수도원 건물 안에 꾸며진 쇼팽뮤지엄에서는 쇼팽에 관한 모든 것을 전시하고 있어요. 쇼팽이 쓰던 플레옐 피아노도 진열되어 있어요. 당장 한번 쳐보고 싶은 19세기 고풍스러운 피아노예요.

해마다 8월이 되면 쇼팽페스티벌이 열리지요. 세계의 유명한 쇼팽 연주가들이 모인답니다. 한 달 내내 주옥같은 쇼팽 곡들을 들을 수 있어요.

아, 나에게 조금만 더 건강이 허락된다면 좋았을 것을. 더 많은 곳을 가보고 더 많은 것을 얻을 수 있었을 것을. 난 마요르카에 너무 늦게 온 것일까요? 지금이라도 와볼 수 있었다는 게 다행이겠죠?

마요르카에는 쇼팽 말고도 위대한 예술가들이 많답니다. 화가 미로와 작곡가 안익태가 여기 살았고, 건축가 가우디의 작품이 많이 있지요.

쇼팽, 미로, 안익태, 가우디, 이 네 분은 마요르카를 지키는 영혼들이셔요. 그분들은 이미 오래전에 하늘나라로 가셨지만, 난 그분들이 마요르카에 남긴 흔적을 보면서 그분들과 함께 지내는 기분이었어요. 그분들이 호흡했던 공기를 나도 호흡하며 살았던 2년간은 정말 행복했어요.

쇼팽에게 연인 상드가 있었듯이, 미로와 안익태에게도 연인이 있었대요.

미로의 연인 필라르는 마요르카가 고향이에요. 미로는 필라르를 따라 마요르카에 와서 화실을 짓고 죽을 때까지 함께 살았대요.

안익태의 연인 롤리타는 마요르카와 바다 하나 건너 마주보고 있는 바르셀로나가 고향이에요. 롤리타의 어머니는 안익태와의 결혼을 반대했지만 롤리타는 연인을 끝까지 지켜주었대요. 안익태와 롤리타는 함께 바다를 건너 마요르카로 와서 마요르카 사람들의 사랑을 듬뿍 받으며 살았대요.

그분들이 남긴 예술작품 속에는 그 연인들의 영혼도 함께 담겨 있겠지요.

현 당신도 꼭 이곳에 와보셔야 해요. 이 주라는 사람의 연인 자격을 가지고 말이죠. 내가 있을 때 오신다면 좋겠지만, 그런 행운마저 기대한다는 것은 무리이겠죠?

카르투하 수도원에서 얼마 떨어지지 않은 곳에 마을묘지가 있어요.

수도원과 마찬가지로 수백 년 된 묘지예요.

스페인 사람들은 묘지를 참 정성 들여 가꾼답니다. 단순한 묘지가 아니라 그윽한 분위기를 지닌 성소 같은 분위기예요. 난 가끔 찾아가서 그 풍경과 분위기를 즐겨요.

봄이 되면 묘지 돌담을 따라 늘어선 목련나무에 하얀 목련꽃잎이 맺히지요. 그럴 때면 당신이 중학교 때 음악시간에 배웠다는, 그린하우스에서 우리가 함께 불러보기도 했던, 가곡 〈4월의 노래〉가 생각나서 불러본답니다.

목련꽃 그늘 아래서
베르테르의 편질 읽노라---

내가 죽는다면, 난 절대 아무 곳에도 가지 않고 바로 이곳에 묻히겠어요. 그 누가 나를 위해 연주해줄 사람이 있다면, 쇼팽의 장송행진곡이나 모차르트의 레퀴엠을 들으며 가고 싶어요. 쇼팽이 그랬던 것처럼.

현. 여기서 정말 마지막 말을 드려야 하겠네요.

현 당신을 사랑했어요. 이 진실을 누구보다 먼저 나 자신에게

서 확인하고 싶어요. 그리고 현 당신에게 분명히 알려 드리고 싶어요.

언젠가 읽었던 『매디슨카운티의 다리』 소설 속에서 로버트가 프란체스카에게 한 말이 생각나는군요.

이런 확실한 감정은 단 한 번만 오는 거라고 했지요. 몇 번을 다시 살더라도 다시는 오지 않을 거라고.

그 말이 날이 갈수록 가슴에 와 닿네요.

현. 당신이 이 글을 읽게 되기를 간절히 바랍니다. 읽게 된다면, 꼭 한 번 마요르카를 찾아주세요.

날 데리고 함께 오시지는 못했다 하더라도, 내가 당신을 그리워하며 지냈던 이곳을 와서 돌아봐 주세요. 그 자리에 내가 없다면, 내 영혼이라도 남아서 당신을 맞이할게요.

나의 사랑, 나의 기쁨, 안녕히."

현은 편지를 다 읽고 나서도 아주 오랫동안 움직이지 못했다. 슬픔이 북받치면서도 한편으로는 기쁨 같은 것이 차오름을 느꼈다.

그래, 그녀는 끝까지 나를 사랑한 것이다. 그것은 지금껏 현이 품어왔던 기대이기도 했고 예측이기도 했다. 비록 가냘픈 예측이긴 했지만. 그녀가 기대를 채워준 것이 기뻤고 또 고마웠다.

그래, 나도 그대를 마찬가지로 사랑했어. 나도 그대로부터 받았던 편지를 하나도 버리지 않고 간직하고 있었어. 난 정한선이 그대를 남기고 먼저 저세상으로 간 사실을 몰랐고, 그대가 여전히 날 사랑하고 있을 거라는 자신이 없었을 뿐. 어차피 우리는 이렇게 뒤늦게 해후하게 될 운명이었나 봐.

현은 그녀가 그 편지를 쓴 날짜를 더듬어 가늠해보았다. 그 편지를 쓴 지 한 달 후에 그녀는 하늘나라로 떠나갔고, 그 편지가 쓰인 지 5년 만에 현이 읽게 되었음을 알았다.

19. 마요르카

하늘은 터키석 같은 청옥빛이고 바다는 청금석처럼 푸르러.

산은 에메랄드 연두빛에 공기는 천사의 공기 같아.

내가 곧 전주곡 몇 곡의 악보를 보낼게.

난 아마 훌륭한 수도원에 묵게 될 것 같아.

세상에서 가장 아름다운 환경이지.

바다, 산, 종려나무, 묘지, 십자군 시대의 성당, 폐허가 된 이슬
람 사원, 오래된 나무들, 천 년쯤 묵은 올리브나무.

오, 친구야, 여기 오니 좀 살 것 같아.

더없이 아름다운 것들과 가까이 있으니.

몸도 좀 나아졌어.

– 쇼팽, 마요르카에서 파리의 폰타나에게 보낸 편지, 1838. 11. 19.

한돌과 하늘이 3년의 의무복무를 마치고 전역을 할 날이 다가 왔다.

두 사람은 전역하기 전에 결혼식을 올리기로 하고 현에게 허락을 구했다. 현은 기꺼이 허락을 했다. 이미 예정된 길이었다.

결혼식 장소는 서울 신길동 해군회관. 주례는 해군참모총장을 역임한 김석찬 예비역 해군대장이 맡았다.

한돌과 하늘은 해군장교 정복을 입고 결혼식장에 들어섰다. 여성장교의 정복은, 바지 대신 스커트이고, 정모와 구두는 남성 것에 비해 한결 우아하다. 물론 모든 것이 다 흰색이다. 해군장교 정복을 입은 하늘의 모습은 웨딩드레스를 입은 여느 신부들보다 훨씬 빛나 보였다.

신부 입장을 할 때는 현이 하늘의 손을 잡고 들어갔다. 친아버지 정한선 중령의 역할을 새 아버지 이승현 예비역 중위가 대신한 것이다. 현은 먼 하늘나라에 가 있는 365 동기생이자 한산함 전우인 한선을 생각하며 한 걸음 한 걸음 정성 들여 걸었다.

그리고 마요르카에 잠들어 있는 그녀 생각을 하며 하늘의 손을 더 꼭 움켜잡았다. 하늘도 현의 손을 꼭 움켜잡기는 마찬가지였다.

신랑 신부의 부모로서는 오직 현 혼자만이 그곳에 존재했다.

김 총장의 성혼선언으로 한 쌍의 해군장교 부부가 탄생했다. OCS 106차 동기생 장교 열 명이 신랑 신부와 같은 흰 해군정복을 입고 양쪽으로 도열해서 은빛 칼을 머리 위로 치켜들어 터널을 만들었다. 신랑 신부는 팔짱을 끼고 그 칼의 터널을 통과했다. 그것은 해군 현역장교 결혼식의 관례였다. 그 옛날 진해에서 신호범 대위와 그의 연인이 올린 결혼식에서도 그렇게 했을 것이다.

현은 걸어나오는 하늘과 한돌을 맞아 양쪽 어깨를 펴서 한꺼번에 껴안았다. 셋은 모두 웃음을 듬뿍 머금으면서도 눈가에는 이슬을 비치고 있었다. 기어코 그들은 완전한 한 가족이 된 것이다.

한돌과 하늘은 신혼여행을 위한 전역휴가를 얻었다. 그들이 신혼여행의 목적지로 삼은 곳은 바로 마요르카였다.

그 여행에 현이 동행하도록 청한 것은 하늘이었다. 현은 기꺼이 아들 부부의 권유를 따르기로 했다. 그녀가 잠들어 있는 그곳으로 찾아갈 날을 기다려온 현이었다. 하늘도 현의 마음을 알고 있었을 것이다.

그 신혼부부에게 그것은 단순한 신혼여행이 아니었다. 어머니에게 올리는 보고이며 어머니를 향한 귀소(歸巢)였다. 현에게는

그녀와의 진정한 해후의 자리가 될 것이다. 5년 전 어머니의 장
례식에 참석하기 위해 그곳에 가보았던 하늘이 그들을 앞장서
서 인도했다.

현은 스페인 마드리드의 한국대사관에 해군 무관으로 파견 나
가 있는 박성준 대령에게 미리 연락을 해놓았다.

박성준은 해군사관학교를 46기로 졸업한 후 서울법대에 학사
편입을 하여 공부를 한 현의 법대 제자였다. 현역 군인으로서 서
울법대에 학사편입을 한 사람은 드물었다. 현은 우수한 해군 후
배인 그를 아꼈고, 그도 현을 해군 선배이자 스승으로 존경하며
따랐다. 두 사람의 인간적 관계는 일생을 두고 굳게 이어졌다.

박성준은 해군의 요직을 두루 맡으면서도 현의 지도를 받아
공부를 계속했고, 영국 런던대학 유학을 거쳐 서울대에서 박사
학위까지 받았다.

대령이 된 그가 마침 스페인 한국대사관의 무관으로 가 있었
다. 박 대령은 마드리드 바라하스 공항까지 마중을 나와서 현 일
행을 맞아주었다. 자기도 마요르카에 함께 가기 위해 휴가를 냈
다고 했다. 현지 가이드 역할을 할 박 대령까지 네 명이 된 일행
은 스페인 국내 항공편으로 마요르카로 향했다.

그들은 마요르카 산 호안 공항에 내리자마자 섬의 수도인 팔

마로 가지 않고 바이데모사로 직행을 했다. 현이 박 대령에게 바이데모사에 숙소를 잡아달라고 부탁을 했던 것이다. 무엇보다 그녀를 만나는 것이 최우선이라고 생각했다. 수도를 놔두고 시골 산간마을로 가는 것에 대해서 영문을 모르는 박 대령은 이상하게 여겼을지 모르나 그들 가족에게는 당연한 일이었다.

공항에서 렌트한 자동차 르노 클리오가 고속도로를 벗어나 숲 사이로 난 넓지 않은 길로 들어섰다. 완만하게 경사진 길을 달려 올라가다가 이윽고 고개의 정상 부근에 있는 마을 바이데모사에 도착했다.

그녀가 평생을 그리던 곳, 쇼팽의 혼을 따라 찾아와 그녀의 마지막 2년 소중한 삶을 살았던 곳, 현을 향한 변함없는 영원한 사랑을 확인해 준 그 마지막 편지를 썼던 곳이었다.

그녀가 편지에서 말한 그대로였다. 숲 사이사이로 드러나는 마을에는, 수백 년 된 성당이 있고, 옛날 왕의 별장이 있고, 주황색 지붕의 돌집들이 있었다. 그녀의 편지를 읽고 현이 상상했던 그런 풍경이었다. 마치 전에 한 번은 와보아서 눈에 익은 것 같은 풍경들.

현은 일행을 멀찍이 두고 혼자 앞서 걸어갔다. 그들도 현의 마음을 아는 듯 조용히 뒤를 따랐다.

바이데모사 마을 중심에 자리 잡은 카르투하 수도원에 다다랐다. 수도원은 가운데 커다란 성당이 있고 이를 둘러싼 몇 개의 작은 건물로 이루어졌다.

수백 년 세월을 못 이겨 살갗이 벗겨져 나간 성당의 돌벽을 어루만지며 현은 나직이 노래를 불러본다. 한국인이라면 누구나 알고 즐겨 부르는 슈베르트의 가곡.

성문 앞 우물곁에

서 있는 보리수

나는 그 그늘 아래

단꿈을 보았네

가지에 희망의 말

새기어 놓고서

기쁘나 슬플 때나

찾아온 나무 밑

찾아온 나무 밑

성당 앞마당에 높게 자란 상수리나무의 가지에 그 누가 무슨 희망의 말 같은 것이라도 각인해놓았을까 살펴보지만, 그런 것은 눈에 뜨이지 않는다. 그래도 그 무성한 가지 밑을 거니는 사람들은 저마다 간절한 단꿈을 꾸고 있었을 것이다. 비록 이루지 못할 꿈일지라도.

성당 문을 열고 안으로 들어섰다. 성당 홀은 그리 크지도 않고 화려하지도 않았으나, 600년 세월의 무게를 실은 장중한 분위기로 가득 채워져 있었다. 그녀도 이곳에 와서 기도를 올렸을 거라는 생각이 들었다. 현은 맨 뒤 열에 있는 나무의자 등걸에 손을 얹고 바닥에 무릎을 꿇었다.

"주, 당신은 여기서 틀림없이 행복하게 지냈으리라 믿어요. 그리고 지금도 당신의 영혼은 행복 속에 싸여 있으리란 것도."

하늘과 한돌도 현의 옆에 와서 무릎을 꿇었다. 그곳은 그리운 사람끼리 영혼을 나누기에 퍽 알맞은 장소였다.

성당을 벗어나 하늘이 기억을 더듬어 안내하는 대로 따라가서 마주친 곳은, 그녀가 잠들어 있는 바이데모사 마을묘지였다.

묘역을 감싸고 둘러쳐진 돌담을 따라 목련나무들이 섰고, 그 가지마다 하얀 목련꽃잎이 가득 맺혔다.

앞장선 하늘이 수많은 돌 십자가와 돌무덤 사이를 헤치고 나아가다가 한 곳에서 멈추어 섰다.

주, 그녀의 무덤이었다.

십자가는 세워지지 않았지만, 무덤 위에 덮여 있는 돌판은 주변의 것에 비해 유난히 하얗게 빛이 났다. 무덤 옆에는 나지막한 목련나무가 서 있었다.

하늘이 현의 옆으로 다가와서 말했다.

"제가 장례식을 마치고 떠나면서, 마을 사람들에게 여기에 작은 목련나무 하나를 심어달라고 부탁드렸어요. 어머니가 원하신 거예요. 고마운 분들, 제 부탁을 들어주셨네요."

"그랬구나. 참 고마운 분들이로구나."

현은 고개를 끄덕였다.

그녀는 마요르카 사람이 되어 그들의 사랑을 받으며 살다가 그들의 축복 속에 간 것이라고 현은 확신할 수 있었다. 무덤가에 선 작은 목련이 그 증거였다.

현은 '깔라 드 바이데모사'라는 해변을 찾아봐 달라고 박 대령에게 부탁했다. 그녀가 즐겨 찾았던 곳에 가보고 싶었다.

그 해변은 그리 멀지 않은 곳에 있었으나, 절벽을 타고 내려가는 길이 제법 험난했다. 자동차 길이 나 있기는 했지만 굴곡이 많고 폭이 좁았다. 소형 자동차로도 맞은편에서 오는 차와 교행하기가 어려웠다.

그렇게 해서 다다른 바이데모사 해변은 절벽 밑에 자리 잡은 작고 한적한 마을이었다. 옛날에는 그저 작은 어촌에 그쳤겠으나, 지금은 그 풍광을 즐기기 위해 찾아오는 여행객들이 꽤 있고, 해변 언덕 밑에 집을 짓고 사는 이들도 있었다.

해변에서 올려다보는 절벽은 그녀가 말한 대로 칼립소의 동굴 같은 것들이 여기저기 숨어 있을 만하게 보였다. 정말 오디세우

스가 7년간을 살았다는 전설 속의 아귀이에 섬이 이 마요르카는
아니었을까 하는 생각이 들었다.

그녀가 자주 들렀다는 레스토랑 'ES PORT'는 쉽게 찾을 수 있
었다. 그 해변마을 중앙에 있는 단 하나의 레스토랑이었다. 현
일행은 지중해 수평선이 널리 보이는 2층 테라스의 가장자리 테
이블에 앉았다.

박 대령이 스페인어로 통역을 했다. 현은 웨이터가 가져온 메
뉴를 읽지도 않은 채 주저 없이 해산물 그릴요리와 까예뜨 와인
을 주문했다. 의아해하는 박 대령에게 현은 자신 있게 말했다.

"이 식당이 자랑하는 해산물 요리라네. 까예뜨는 마요르카에
서만 나는 포도 품종이고. 내가 마요르카에 온 목적은 바로 까예
뜨 와인을 마셔보기 위한 것이었네."

박 대령은 고개를 갸우뚱했다.

"까예뜨는 저도 처음 들어보는 품종인데요?"

"그럴 거야. 마요르카 사람이 아니면 모르는 와인이지."

현은 마치 자신이 마요르카 사람인 것처럼 대답했다.

그들은 해산물 그릴 요리를 안주 삼아 까예뜨 와인을 마셨다.
현은 지금까지 세계 각지를 다니면서 갖가지 와인을 마셔봤다.
그리고 와인에 관한 지식을 쌓아왔다.

와인만큼 다양한 술은 없다. 민족이 다양하고 산하가 다양하고 기후가 다양하다. 각자 포도의 품종이 다르고 제조방법이 다르다. 와인은 그런 오랜 과정을 통해 전승되어온 그 땅의 소중한 유산이다. 그래서 와인은 역사요 지리이다.

그러나 마요르카 토착 품종인 까예뜨는 처음이었다. 그녀는 까예뜨를 소개함으로써 현에게 마요르카의 역사와 지리를 맛보게 해준 셈이다. 그 옛날 칼립소가 오디세우스에게 맛보여 주었을 와인도 까예뜨였을까?

현은 와인글라스를 내밀며 토스를 청했다.

"우리가 찾아오기를 기다리고 있던 그분에게 바칩니다."

하늘과 한돌은 두 손으로 공손히 잔을 부딪치고 신중하게 잔을 비웠다. 박 대령도 따라서 했다. 그것은 마치 하나의 예식을 치르는 것 같았다.

그렇다. 그들은 'ES PORT'에서 일종의 진혼제를 수행하고 있었던 것이다. 그곳에 여전히 머무르고 있을 그녀 영혼의 안식을 위해서.

하늘이 카세트테이프를 꺼내어서 테이블에 올려놓았다.

"어머니가 마요르카에서 저에게 마지막 편지와 함께 보낸 테이프예요. 어머니는 한국에서 오래전에 녹음해놓은 테이프를 여기 마요르카까지 갖고 왔대요. 그중에서 가장 아끼는 테이프 하나를 저에게 보내신 거예요.

여기 들어 있는 노래는 특별히 어머니가 좋아했던 노래들이래요. 옛날이 그리워지면 이 노래들을 들었다고 해요. 이 중에는 아버지께서 어머니께 가르쳐준 노래가 많다고 했어요.

어떤 노래를 좋아하는지를 보면 그 사람의 모든 것을 알 수 있다고 어머니는 말씀하셨죠. 사람은 결코 자기 시대의 노래에서 벗어날 수 없다고도 하셨죠. 그 시절 어머니와 함께 들었을 이 노래들을 이제 아버지께 드리고 싶어요."

현은 하늘로부터 카세트테이프를 받았다. 아주 오래된 테이프였다. 열 곡의 노래 제목들이 적혀 있는데 그 글자들은 반쯤은 흐릿하게 지워져가고 있었다.

나 어떡해(샌드 페블스)
아직도 그대는 내 사랑(이은하)
그건 너(이장희)
친구(김민기)
하얀 목련(양희은)
웨딩 케익(트윈폴리오)
Seven Daffodils(Joan Baez)
Boxer(Simon & Garfunkel)

기차는 8시에 떠나네(아그네스 발차)

4월의 노래(김순애)

"이 중에서 아버지와 어머니가 즐겨 함께 부르시던 노래가 있으면 한곡 불러 주시지 않겠어요?"

하늘이 청하지 않더라도 현은 그렇게 하고 싶었다. 이제 현이 부르려고 점찍은 그 노래에 대해서 옛날 현과 그녀가 나누었던 대화를 지금도 똑똑히 기억하고 있다.

"현은 팝송 중에서 어떤 노래를 제일 좋아해요?"

그녀가 문득 물었다.

"팝송이라면 단연 사이먼과 가펑클이지. 그 듀엣이 부른 〈Boxer〉를 제일 좋아해."

"그 노래 어디가 좋은데?"

"정교한 기타반주, 두 사람이 이루는 절묘한 화음, 애수에 젖은 가사, 하여간 그 그룹에서 풍기는 지적인 이미지가 난 좋더군. 주는 어떤 노래를 좋아하는데?"

"〈세븐 대포딜스〉. 그룹 브라더스 포(Brothers four)가 처음 불렀지만 그 후에 조안 바에즈가 부른 것이 더 나은 것 같아. 양희은이 일곱 송이 수선화라고 번역해서 부르기도 했지. 그런데 난 영어 가사 그대로가 더 좋던걸. 진실한 사랑의 의미를 잘 담고 있는 노래예요. 조안 바에즈의 청아한 목소리와 잘 어울리고."

현은 그때 〈Seven Daffodils〉를 그녀와 함께 부르기 위해 영어 가사를 외우느라 애를 먹은 기억이 생생했다.

현의 느릿한 노래 소리가 바이데모사 해변에 막 내리기 시작 하는 석양빛 속으로 퍼져가기 시작했다. 현이 주에게 바치는 노 래였다.

I may not have a mansion I haven't any land
Not even a paper dollar to crinkle in my hand
But I can show you morning on a thousand hills
And kiss you and give you seven daffodils

I do not have a fortune to buy you pretty things
But I can weave you moonbeams for necklaces and rings
And I can show you morning on a thousand hills
And kiss you and give you seven daffodils

Oh seven golden daffodils are shining in the sun
To light our way to evening when our day is done
And I wIll give you music and a crust of bread

A pillow of piney boughs to rest your head

노래를 부르면서 현은 생각했다.

주. 당신이 나에게 주고 싶은 것을 이 노래가 다 말해주고 있다고 그랬지? 당신은 나와 함께 까예뜨 와인을 마시며 이 노래를 부르기를 원했겠지? 그래서 내가 지금 여기에 온 것 아니요?

내 마음을 그대로 담은 이 노래를 들어주기 바라오. 절대 슬퍼하지 말고 즐겁게 들어주시길.

레스토랑 주인이 현의 노랫소리를 듣고 박수를 치며 다가와서 일행과 합류했다. 그 레스토랑이 문을 연 지는 40년이 넘었고 아버지를 이어서 아들이 운영을 한다고 했다.

그에게 여기 자주 오던 한국 여성을 아느냐고 물었다. 잘 안다는 대답이었다.

그 여성은 절벽 위에 있는 마을에 사는 분이었는데 가끔 와서 레스토랑 아래층 홀에 놓여 있는 피아노를 연주하곤 했다. 그때마다 'ES PORT'는 작은 콘서트홀이 되어 손님 모두가 함께 즐겼다는 것이다. 그녀에게 주어지는 연주의 대가는 항상 한 잔의 까예뜨 와인이었다.

언제부터인가 그녀가 보이지 않기에 알아보니, 바이데모사 마을묘지로 거처를 옮겼다는 말을 사람들로부터 들었다고 했다.

거처를 옮겼다고? 레스또랑 주인의 유머러스하면서도 애정 넘치는 그 말이 위안이 되었다.

주인은 새 와인 한 병을 그녀에게 바친다면서 내놓았다. 이번에는 다섯이 함께 글라스 토스를 했다.

오디세우스의 귀환을 반기는 축배인가? 긴 방랑 끝에 오디세우스는 다시 돌아왔는데, 그를 떠나보냈던 칼립소는 이미 자리에 없다. 호머의 전설 속 신화는 거꾸로 돌아가고 있는가?

해가 훨씬 기울어 해변에는 어둠의 빛깔이 스며들고 있었다.

그 옛날 현과 그녀가 비진도에서 함께 보았던 매직 아워가 시작되었다. 언제든 어디서든 변함없이 찾아오는 얀 파브르의 블루의 시간이었다.

현은 그 블루 속에서 주의 모습을 보았다. 주가 편지에서 말해 주었던, 마요르카에 자기 영혼을 심었던 이들이 나와서 주 옆에 서 있는 모습도 보였다. 주가 마요르카에 살면서 호흡을 함께 나누었다는 네 사람의 예술가들이었다.

현은 그들을 향해 물었다. 그리스인의 전설이 스쳐가고, 무어인과 까탈루냐인의 습속이 스며든 섬, 이곳 마요르카에, 그대들은 어떤 범선에 올라 어떤 바람에 의지하여 흘러와 닿았던가? 우리는 어차피 모두가 방랑자. 현은 그들과 신실한 우정을 품고 대화를 나눌 수 있을 것 같았다.

1838년, 바이데모사 산촌의 어둡고 춥고 축축한 수도원 골방에 틀어박혀 작곡에 몰입하던 프레데릭 쇼팽. 멀리 파리에서 실어온 플레엘 피아노만이 그대의 위안이었는가? 그것 없이는 단 한 줄도 악보를 메우지 못하는 그대였으니.

97일의 짧은 기간이었지만 그대가 이곳 마요르카에 준 선물은 정말 대단하다오. 세상 사람들이 오늘도 그대의 흔적을 따라 이 산골마을까지 찾아오고 있지 않소? 그대가 즐겨 찾았다는 깔라 드 바이데모사 해변의 거센 바닷바람이 그대의 약한 폐에는 그다지 좋지 않은 영향을 미쳤을 것이지마는.

파리에서 살다 죽으면서도 심장은 떼어다 바르샤바에 묻어 달라 유언을 했다는 그대는 폴란드인이요, 프랑스인이요?

1903년, 지진으로 훼손된 마요르카 팔마 대성당의 복원을 위해 바르셀로나에서 바다를 건너온 안토니 가우디.

수백 년 된 성당 돌벽을 뚫어 거대한 스테인드글라스 장미창 두 개를 서로 마주보게끔 양쪽으로 내놓았지. 한쪽 장미창을 통해 들어오는 햇빛이 1년에 단 두 번 맞은 편 장미창에 가서 섭치지. 그때 그대의 영혼도 강림하여 함께 자리하는 것이겠지.

이집트 나일 강 상류에 자리한 고대의 아부심벨 신전을 닮고 싶었나? 아부심벨에서도 1년에 두 번 동트는 햇살이 신전의 빈 공간을 헤집고 들어와 깊숙한 성소에 모셔진 신들의 머리를 차례로 비추고 지나간다지.

팔마 대성당은 그대가 바르셀로나에 역사적 유물로 남겨놓은 사그라다 파밀리아 성당에 못지않은 그대의 걸작품이오.

카탈루냐에서 태어나 평생 카탈루냐에서 살기만을 고집했던 그대는 카탈루냐인이요, 스페인인이요?

1946년, 마요르카 교향악단의 상임지휘자가 된 안익태.

식민지 백성으로 태어나 일찍이 일본과 미국에서 음악을 공부하고, 유럽 여러 나라의 교향악단을 지휘하며 다니던 중에, 베를린에서 〈Korean Fantasy〉를 작곡하지. 그 판타지 마지막 악장에 자리 잡은 선율이 바로 우리의 국가인 애국가이지.

스페인 여인과 결혼하여 마요르카에 정착한 그대를 사랑하고 자랑스러워한 마요르카 사람들은, 그대가 살던 거리를 안익태 거리라 명명하고 그곳에 그대의 기념비도 세워주었구려.

그대가 살던 집 울타리에는 지금도 sharon 꽃이 만발해 있다오. 그 꽃은 우리의 국화(國花) 무궁화라오.

세계를 떠돌다 마요르카에 정착하고, 고작 삶의 마지막 몇 년을 한국에 왕래하며 살았던 그대는 한국인이요, 스페인인이요?

1954년, 어머니의 고향이자 아내의 고향인 마요르카에 집과 화실을 짓고 29년이나 살다 간 후안 미로.

바르셀로나에서 출생하여, 파리와 미국을 떠돌며 이미 세계에 이름을 알린 화가가 된 다음, 인생 후반에 들어 마요르카에서 마지막 혼을 불살랐지.

그대는 추상화가로 불렸지만, 결코 난해한 추상화가는 아니었지. 그대가 그린 그림의 선과 색채는, 항상 원형이 분명했고 생명을 가진 인간처럼 살아 꿈틀거렸지.

그대는 가우디를 존경하며 그로부터 까탈루냐의 혼을 배웠지. 또 그대는 안익태와 같은 동네에 살면서 산보도 함께하며 우정을 나누었지. 그대는 안익태가 지휘하는 음악회에 늘 아내와 함께 갔지.

그대는 틀림없이 한국인을 잘 알고 좋아했을 거야.

파리, 미국, 일본을 누비고 다니다가 아내의 고향에서 삶을 마감한 그대는 세계인이요, 마요르카인이요?

칼립소의 동굴이 뚫려 있는 절벽 밑에서, 주 그녀가 영혼의 친구들인 네 예술가와 나란히 선 채 정답게 대화를 나누는 모습을 현은 분명히 볼 수 있었다.

마요르카에서 태어나지는 않았으나 무척이나 마요르카를 사랑했던 그들 다섯 사람이었다.

20. 귀향

다시는 당신을 볼 수 없을지라도

나의 혼은 당신과 함께 있노라.

다시 사랑하면서

촛불은 거세게 희망과도 같이 타오르고 있으리라.

− 『그리고 아무 말도 하지 않았다』, 전혜린. 1965 유고(遺稿)

지금까지 진해에서 시작해서 마요르카에 이르도록 그분이 저에게 해주셨던 얘기를 그대로 다 전해드렸으니, 이제 제가 덧붙여 꼭 해드리고 싶은 얘기를 할 차례입니다.

저는 그분 가족 일행과 마요르카 여행을 마친 후, 함께 스페인 국내 항공편으로 바르셀로나 엘프라트 공항에 와서, 그곳에서 한국으로 돌아가는 그들을 배웅해드렸습니다. 그분께서는 다음에 혼자서라도 다시 와서 본격적으로 스페인 여행을 하고 싶다는 말씀을 남기고 가셨습니다.

그로부터 3개월쯤 후에 정말 그분이 혼자서 마드리드 한국대사관으로 저를 찾아오셨습니다. 저는 그분을 반가이 맞아서 저의 집으로 모셨지요. 그분은 제 집에서 며칠 묵으셨습니다.

그분과 그렇게 단 둘이 시간을 함께한 것은 실로 오랜만이었고, 전 그런 기회가 온 것을 무척 다행스럽게 여겼습니다.

우린 리오하(Rioja) 와인을 마시며 많은 얘기를 나누었습니다. 그분은 평소의 그답지 않게 많은 말씀을 하셨습니다. 주로 그분이 말을 많이 했고 저는 주의를 기울여 듣는 편이었지요.

그분은 마요르카를 함께 여행하며 속마음을 통했던 저에게 경계심 없이 모든 얘기를 다 들려주고 싶었던 것 같습니다. 저로선 마치 신비로운 미지의 세계를 탐험하는 것 같은 기분이었습니다.

　난생 처음 진해라는 곳에 찾아가서 해군에 입대한 얘기, 해군 장교 훈련을 받던 얘기, 장교 임관 후 배를 타고 항해한 얘기, 배를 내려서 진해의 술집을 전전한 얘기, 친하게 지낸 해군 동기생 4인방 얘기, 등등을 하셨습니다.

　아름답고 화려한 젊은 날의 단짝패 진해 4인방이 함께 엮었던 추억을 더듬어갈 때는 어린아이처럼 얼굴에 홍조를 띠우더군요.

　4인방 멤버의 현주소도 확인할 수 있었습니다. 외교관으로는 최상의 자리인 미국주재 한국대사까지 지낸 분. 재벌 회사의 CEO로서 일약 전국적 부호 명단에 오른 분. 서울 강남 한복판에 낙지 요리 전문 식당을 내어 해군 동기생들의 집결지를 제공하고 있는 분.

　그리고 무엇보다도, 한 여인을 만나 사랑을 한 얘기를 하셨습니다.

　그분은 그 여인과의 만남을 운명적 만남이라 했고, 그 사랑 역시 회피할 수도 망각할 수도 없는 운명적 사랑이었다고 했습니다.

그분은 가지고 온 짐 중에서 편지 꾸러미 두 개를 꺼내어 저에게 보여주셨습니다. 지금 마요르카에 잠들어 계신 그 여인과 오래전에 서로 주고받은 편지였습니다. 한 꾸러미는 그분이 써 보낸 것이었고, 또 한 꾸러미는 그분이 받은 것이었습니다.

오래된 흔적이 있는 편지들이었죠. 그분은 그 편지 꾸러미를 아주 소중하게 쓰다듬었습니다. 어떤 편지는 꺼내서 저에게 직접 보여주기도 했습니다.

그러면서 그분으로부터 듣게 된 그 얘기는, 결코 아무나 흉내 내지 못할, 아무에게나 허락되지 않을 값진 러브스토리였습니다.

해외유학 얘기, 결혼과 이혼 얘기, 정치에 투신한 얘기, ICC 재판관으로 일하며 겪은 얘기, 아들 이한돌 중위와 그의 아내 정하늘 중위 얘기가 뒤를 이었습니다.

밤을 거의 새울 정도로 긴 얘기였으나 전혀 길게 느껴지지 않았습니다. 그 모든 얘기가 저에게는 무척 감동적인 것이었습니다. 저 자신 들으면서 때때로 눈물을 글썽거리기도 했으니까요.

그 후 저는 그분으로부터 듣고 가슴에 고이 간직해둔 그 얘기를 누군가에게 전해주고 싶다는 생각을 늘 해왔습니다. 여러분께 해드린 얘기가 바로 그것이었습니다.

제 얘기를 듣는 이들도 제가 느꼈던 감동을 그대로 느낄 수 있을지 궁금합니다.

마지막으로 제가 남겨둔 이 얘기를 마저 해드린다면 그 감동은 몇 배 더 증폭되리라고 저는 확신합니다.

그분은 저를 찾아 마드리드로 오기 전에 모든 공직을 정리하고 왔노라고 하셨습니다. 앞으로 건강이 허락하는 대로 여행이나 하면서 조용히 살겠다고 하시더군요.

그분은 우선 스페인부터 찬찬히 둘러봐야 하겠다고 하면서 훌쩍 떠나가셨습니다.

마드리드 바로 남쪽에 있는 도시 아란후에즈로 가는 길을 저에게 물어서 가셨지요. 그분이 젊은 시절부터 로드리고(Rodrigo)의 〈아란후에즈 협주곡〉을 즐겨 들었다는 사실을 저는 잘 알고 있었습니다. 언젠가 저에게 〈아란후에즈 협주곡〉 레코드판을 선물하신 적도 있었으니까요.

그분은 그 애수에 찬 음률을 탄생시킨 역사의 고향땅에 꼭 한번 가보고 싶다고 하셨습니다.

그로부터 1년 가까이 흘러 제가 마드리드 대사관에서 임기를 마치고 한국으로 귀국할 시기가 될 때까지 그분을 다시 보지 못했습니다. 단지 그분께서 국제형사재판소의 수장 자리에서 물러났다는 언론보도만을 접했을 뿐이었습니다. 전 그분 소식이 무척 궁금했습니다.

그러다가 제가 임기를 마치고 귀국을 막 눈앞에 두었을 즈음에, 마드리드 대사관에 근무하는 한 한국인 직원으로부터 뜻밖의 얘기를 듣게 되었습니다.

그 직원이 휴가를 얻어 일행과 함께 바다 건너 마요르카로 여행을 갔는데, 그곳에 뜻밖에 한국인 여행 가이드가 있었다는 겁니다. 아마 마요르카에 상주하는 한국인 가이드는 처음일 거라고 하더군요.

꽤 나이가 지긋한 사람이었는데 보기 드물게 매우 점잖고 박식한 가이드였다고 합니다. 그런데 그는 다른 곳에는 가지 않고 바이데모사라고 하는 산 위 마을과 그 주변 지역만 맡아서 안내를 해주더랍니다.

쇼팽에 대해 아는 것이 많고, 쇼팽과 상드의 러브스토리를 퍽 자세하게 해주는 것이 인상 깊었다고 했습니다.

"쇼팽이 자주 산책을 다녔다는 해변에 저희를 데리고 갔는데, 절벽으로 내려가는 도로가 얼마나 험하던지 등골이 오싹하더군요."

"혹시 그곳 지명이 깔라 드 바이데모사라고 하지 않던가요?"

"네, 그 비슷한 지명이었어요."

"그 해변에 있는 뽀르뜨라는 레스토랑에는 들르지 않았나요?"

"맞아요. 그 레스토랑에서 점심을 먹었어요. 해산물 그릴 요리가 일품이던데요?"

저는 어떤 예감이 들기 시작했습니다.

"그 가이드가 또 어디를 안내해주던가요?"

"특이하게도 우릴 마을 공동묘지로 데려가서 보여주던데요? 수백 년 된 유서 깊은 묘지라면서요. 그 묘지에 유일하게 한국인 한 사람이 묻혀 있었어요. 원래 그 마을 사람이 아니면 묻힐 수 없는 곳인데, 쇼팽의 명연주자로 활동을 해서 마을 사람들의 사랑을 받은 덕분에 특별히 그곳에 자리를 내줬다는 설명이더군요."

저의 예감이 확신으로 변하는 순간이었습니다. 그리고 대사관 직원의 이어지는 말이 저의 가슴을 깊이 찔러왔지요.

"그 가이드는 무덤에 하얀 꽃 한 묶음을 가져왔어요. 마요르카의 산과 들에 많이 피는 들국화라면서요. 그 꽃을 무덤 앞에 놓여 있는 돌로 만든 꽃병에 아주 정성스럽게 꽂고 기도라도 드리듯이 한참을 그 자리에 서 있더군요. 우리 모두 숙연한 분위기에서 먼 이국땅에 와서 묻혀 있는 분의 명복을 빌어드렸지요."

저는 당장 그곳으로 달려가고 싶었지만 일정에 쫓겨 그냥 귀국해버리고 말았습니다. 그때 가서 확인해보지 못한 것이 자못 후회가 됩니다.

가능한 대로 곧 시간을 내어 마요르카의 그 한국인 여행 가이드를 찾아가 볼 생각입니다. 그 여행 가이드가 그분인 것이라는 것을 눈으로 확인하는 순간, 저는 반가움과 놀라움이 섞인 목소리로 감히 그분에게 다그칠 겁니다. 도대체 이것이 어떻게 된 일이냐고. 그러면 그분은 아주 차분한 어조로 이렇게 말씀하실 겁니다.

"여보게, 내가 돌아가야 할 고향은 이타카가 아니라 바로 이곳 마요르카였다는 것을 깨닫게 되었다네. 내 영혼 속의 칼립소가 잠들어 있는 곳 말일세. 내 마음을 누구보다 잘 아는 자넨 이해해줄 수 있겠지?"

제가 수긍하는 뜻으로 고개를 끄덕여 보이자, 그분이 양손에 하얀 스패니시 데이지 꽃을 가득 든 채로 빙그레 미소 지으면서 한 마디 덧붙이는군요.

"명심하게. 꽃병에 꽂힌 세상의 모든 꽃은 단 하루라도 시들어 있으면 안 된다는 것을. 그녀는 매일같이 청초하게 내 가슴속에 피어 있을 것이라네."

오디세우스의 독백

쇼팽의 피아노 협주곡은 2번 F단조가 먼저 작곡되어 발표되었고, 1번 E단조는 그 다음 두 번째로 나온 작품이었다. 단지 E단조가 한 해 앞서 악보로 출판되었기 때문에 협주곡 제1번이 되었고, 뒤이어 출판된 F단조는 제2번이 되었다.

내 소설도 사실 3년 전에 첫 작품으로 출간된 『두브로브니크에서 만난 사람』보다 지금 나오는 『마요르카의 연인』이 먼저 쓰인 것이다. 출간 순서가 바뀌었을 뿐이다. 소설을 구상하던 시기부터 따진다면 먼저도 한참 먼저라고 할 수 있다. 이 작품은 어림잡아 30년쯤 전부터 구상하기 시작한 것이다.

해군 전역을 하고 얼마 안 되어 나온 리차드 기어 주연의 미국 영화 〈사관과 신사〉를 본 후, 그보다 훨씬 화려한 소재를 품고 있는 한국 OCS를 무대로 소설을 쓰고 영화로 만들고 싶다는 생각이 들었다. 그러나 변호사 업무에 쫓기다 보니 실현하기는 쉽지 않았다. 사회생활을 계속하면서 줄곧 그 구상을 머릿속에서 놓지 못했다.

그러다가 어느 때부턴가 소설의 플롯을 구체화하기 시작했다. 삶의 과정을 지나면서 플롯은 더욱 다양하게 발전해갔다. 그러면서도 전편을 관통하는 주제는 역시 사랑이 되어야 했다. 순수한 사랑의 원형을 그리고 싶은 것은 인간의 본능 아니겠나. 모든 예술의 근원이 아니겠나. 해군장교와 피아니스트의 사랑 얘기는 그렇게 탄생했다.

잔뜩 미루어지기만을 계속하던 소설의 구상이 실제로 지면에 옮겨진 시기는, 내가 일상을 물리고 신영이라는 새 이름으로 소설가가 되기로 결심한 때였다. 늦었다고 생각할 때가 사실은 가장 적절한 때가 될 수 있다. 쓸 만한 소재와 능력이 그만큼 풍부해졌기 때문이다. 세월의 흐름과 함께 어언 소설 속의 주인공 현과 주는 한껏 성숙한 인격체로 성장했고, 그들 사이의 사랑 얘기는 오디세우스와 칼립소의 전설을 닮아갔다. 급기야 그들의 몸과 영혼은 세상의 끝 마요르카에 이른다.

21세기로 넘어와 나는 마요르카에 가볼 행운을 얻었다. 내가 마요르카에 가보지 않았다면 소설 속에서 현의 귀향처는 아마 마요르카가 아니라 진해나 비진도 정도가 되었을지 모른다. 그런 이유에서도 이 소설을 느지막하게 쓰게 된 것이 퍽 다행이란 생각이 든다. 이 소설을 읽는 분들은 전설 속의 아름다운 지중해의 섬 마요르카에 꼭 한 번 가보시기를 권한다.

무엇보다 OCS 동기생 김석철 화백을 초빙하여 삽화를 넣게 된 것을 큰 성과로 받아들인다. 이로써 이 소설은 생명을 얻었다. 해군의 현장을 직접 경험하고 인생을 폭넓게 살아온 이 시대의 진정한 낭만객 석철 동기야말로 글만으로 전할 수 없는 생동감을 불어넣어 줄 유일한 인물이라고 확신했고, 그 기대는 적중했다. 덕분에 이 소설을 해군소설이라고 불러도 좋게 되었다. 나의 삼고초려에 응해준 김 화백에게 진정으로 감사한다.

첫 작품 『두브로브니크에서 만난 사람』이 금년(2021년)에 크로아티아의 수도 자그레브에서 크로아티아어로 번역되어 출간이 되었고 곧 크로아티아 정부의 후원을 얻어 영화화될 예정인 것처럼, 이 작품 『마요르카의 연인』도 우리 해군의 후원을 받아 영화화되기를 희망한다. 그렇게 되면 그 영화는 〈사관과 신사〉를 훨씬 능가하는 해군영화가 될 것이고, 쇼팽의 선율이 흐르는 가운데 진해와 마요르카를 잇는 뮤지컬 로망(musical roman)이 될 것으로 기대한다.

비밀 아닌 비밀 하나. 원래 이 소설의 제목은 '목련의 연인'이었다. 하얀 목련은 해군의 상징이기 때문이다. 30년간 정해놓고 지켜온 제목이었으나, 어렵사리 이 소설의 출간에 응해준 북스토리 주정관 대표의 간곡한 제안에 '마요르카의 연인'으로 출판하게 되었다. 따라서 이 소설은 '목련의 연인'이라 불러도 괜찮을 것이다. 원제목의 흔적은 표지 앞면 목련꽃 그림에 남겨져 있다.

마지막으로, 이 소설을 17,000여 해군 OCS 동문과 그 연인들에게 바친다.

2021년 마지막 달. 신영

마요르카의 연인

1판 1쇄 2022년 1월 20일

지 은 이 신　영
삽　　화 김석철

발 행 인 주정관
발 행 처 북스토리㈜
주　　소 서울특별시 마포구 양화로 7길 6-16 서교제일빌딩 201호
대표전화 02-332-5281
팩시밀리 02-332-5283
출판등록 1999년 8월 18일(제22-1610호.)
홈페이지 www.ebookstory.co.kr
이 메 일 bookstory@naver.com

ISBN 979-11-5564-252-8 03810